人狼サバイバル

意気軒昂！　竹林の人狼ゲーム（下）

甘雪こおり／作　himesuz／絵

講談社 青い鳥文庫

もくじ

人狼サバイバル 意気軒昂！竹林の人狼ゲーム（下）

登場人物紹介

参加メンバー

赤村ハヤト

伯爵が開催している「人狼ゲーム」に複数回参加している。椿が丘中学の生徒。

橙ウマノスケ

侍のように髪を結った男の子。真面目で不器用な性格。

黒宮ウサギ

ハヤトの幼なじみで、たいへんな食いしん坊。子どもっぽく見えるが用心深い一面もある。

檸檬里ムササビ

運動神経が良く、忍者のようにすばやく動ける女の子。

淡雪マイマイ

額にアイマスクをつけた女の子。いつも眠たそうにしている。

苺屋カラカル

お坊さんみたいな作務衣を着る男の子。

桔梗路カイコ

陽光館中学の生徒会長。黒縁眼鏡をかけた女の子。

紫電院ライリュウ

竜興リーガルアソシエイツの跡取り。主張の強い自信家。

氷霜院リュウオウ

竜興ファイナンスの御曹司。長身で純白のスーツを着ている。

伯爵

あらゆるゲームの達人。「人狼ゲーム」の主催者。参加メンバーの１人にすり替わっている。

審判

「伯爵」の代わりにゲームの審判を務める。

序章

昔々、あるところに小さな村がありました。

村人は平和に暮らしていましたが、ある日、1人が服だけを残して消えてしまいます。

服は大きな爪で引き裂かれ、血がべっとりとついていました。

狼ではありません。狼は人間を丸呑みになんてできないからです。

熊ではありません。大きな熊が出たらだれかが気づくからです。

人ではありません。人には人を引き裂く爪なんてないからです。

それは人狼のしわざでした。

人狼は人に化ける怪物です。大きな爪で人を引き裂き、大きな口で人を食べる、おそろしい生き物です。仲間に化けた人狼が、こっそり村人を食べていたのです。

村人たちは広場に集まり、輪になりました。そして仲間になりすました人狼を見つけ出すことにします。

人狼は姿形をまねているだけです。話し合いを続ければ必ずどこかで嘘をつきます。

村人は話し合います。嘘をついているのはだれか。

村人は話し合います。怪しいのはだれか。

村人は話し合います。仲間でないのはだれか。

証拠なんてありません。お互いの顔を見て、声を聞いて、身振り手振りや言葉に注意して、怪しいと思う者を選ぶしかないのです。村人たちは石を持ち、怪しい仲間に投票します。いちばん多く石を集めた1人は処刑され、その日の話し合いは終わりです。

ですが、ずる賢い人狼は生きていました。

夜中にこっそり起き出して、村人の1人をまた食べてしまいます。

次の日、村人はまた話し合いをすることにしました。

人狼は強い生き物ではありません。2人の村人に囲まれたら、棒でたたかれて負けてしまいます。でも、1対1なら村人に負けることなんてありません。

村人は話し合いを続けます。仲間の中にひそむ、人狼を見つけるために。

人狼は嘘をつき続けます。村人が最後の1人になるまで。

参加回数が3回未満の者は伯爵ではない。

【全体ルール】

・これは参加者の中に隠れている「2人の狼」を見つけるゲームである。

・参加者とは、「赤村ハヤト」「黒宮ウサギ」「橙ウマノスケ」「檸檬里ムササビ」「淡雪マイマイ」「苺屋カラカル」「桔梗路カイコ」「紫電院ライリュウ」「氷霜院リュウオウ」の9名を指す。

・参加者は役職を割り当てられる。村人陣営は6名の「村人」、1名の「共犯者」であり、狼陣営は2名の「狼」である。

・狼陣営の参加者は悪魔に憑依され、勝利を目的に行動する。自陣営を不利にする言動をとることはできない。

・参加者の役職はゲーム初日に知らされる。役職は変更できない。

・参加者の個人ロッジは「夜時間」の間施錠される。
・ゲームは「遊戯時間」「議論時間」「投票時間」「夜時間」「朝時間」の繰り返しで構成される。

【投票のルール】

・投票は「浄輪古道」のセントラルロッジで行う。
・参加者は「投票時間」に投票を行う。最多得票者は「退場」となり、以降のゲームに参加することはできない。
・参加者は自分に投票することができる。ただし、すでに退場した参加者や参加者以外の者に投票することはできない。
・最多得票者が２名いる場合、該当する参加者は全員退場する。該当者が３名以上の場合、２名以下になるまで決選投票を繰り返す。
・参加者の選択および投票には貸与タブレットを使用する。集計と最多得票者の発表はジャッジが行う。

・どの参加者がどの参加者に投票したのか、公開されない。
・投票によって退場が決まった場合、その参加者の役職や陣営は開示されない。

【勝敗のルール】
・村人陣営は、狼陣営全員を「退場」させた場合、勝利となる。
・村人陣営が勝利した場合、参加者全員が解放される。
・狼陣営は、村人陣営の生存者数が狼陣営の生存者数と同じか、それより少なくなった場合に勝利となる。
・狼陣営が勝利した場合、参加者全員が退場し、二度と戻ってくることはない。

【狼陣営のルール】
・「夜時間」に、狼陣営は退場していない参加者のうち1人を選ぶ。選ばれた参加者と狼陣営の個人ロッジは開放され、狼陣営はその参加者を襲撃し、「退場」させる。
・狼陣営が2人以上の場合も襲撃によって退場する参加者は毎夜1人である。狼陣営が狼陣営を襲撃することはできない。
・狼陣営は役職が決定した時点で、他の狼陣営および共犯者がだれなのかを知らされる。
・狼陣営は個人ロッジの通信端末で連絡をとり合うことができる。

【各役職のルール】
・「共犯者」は悪魔に憑依され、狼陣営の勝利を目的に行動する。狼陣営を不利にする言動をとることはできない。
・「共犯者」は役職が決定した時点で、狼陣営がだれなのかを知らされる。
・「共犯者」は占いおよび霊媒の結果が「村人」になる。

【伯爵のルール】
・狼陣営のうち1名は伯爵がすり替わった偽者である。
・伯爵はすり替わった本人と同じ肉体と記憶、人格を持っており、悪魔の憑依を無効にする。
・伯爵を退場させた参加者は、伯爵に1つだけ願いを告げることができる。伯爵はゲーム終了後に必ずその願いを叶えなければならない。
※「叶えられる願いを増やす」など、「願いを1つだけ叶える」趣旨に反する願いは無効となる。
※「この人狼ゲームに無条件で勝利する」など、ゲーム終了前の実現を前提とする願いは無効となる。
・願いを告げた参加者が退場した場合も、村人陣営が勝利したのなら、ゲーム終了後に願いは叶えられる。
・伯爵の素性を知っているのは、伯爵自身とジャッジのみである。
・両陣営の参加者が伯爵を退場させた場合、村人陣営の参加者の願いが優先される。
・伯爵を退場させた参加者が複数存在し、その参加者内で意見が統一されない場合、願いを告げる参加者1名をじゃんけんで決定する。

《禁止事項》
・参加者は他の参加者に対して暴力を行使してはならない。

・参加者はゲーム終了まで「浄輪古道」の柵の外に出てはならない。
・狼陣営以外の参加者は他の参加者の個人ロッジに入ってはならない。
・参加者は自分以外の参加者の貸与タブレットを操作してはならない。
・参加者はセントラルロッジや個人ロッジの設備、鞄、貸与タブレットを破壊するなどの行為で、ゲームの進行を妨げてはならない。
・参加者は他の参加者の鞄をのぞき見てはならない。
・参加者はジャッジの指示がない限り、自分の鞄の中身を他の参加者に公開してはならない。
・参加者は麻袋に入っていない状態の薬草を鞄の外へ出してはならない。
・参加者は薬草を裂く、焼くなどして加工してはならない。
・参加者は薬草を奪ってはならず、他の参加者に受け渡ししてはならない。
・参加者はジャッジの指示から5分以内に投票を行わなければならない。
・参加者は投票を毎日必ず行わなければならない。
・参加者は「遊戯時間」の間、指定の椅子を離れてはならない。
・参加者は「議論時間」の間、指定の椅子を離れてはならない。

・参加者は「投票時間」の間、投票結果が発表されるまで指定の椅子を離れてはならない。
・狼陣営以外の参加者は「夜時間」の間、個人ロッジの外に出てはならない。
・襲撃を終えた狼陣営は10分以内に個人ロッジへ戻らなければならない。
※いずれかの禁止事項を破った参加者は強制的に「退場」となる。
・参加者は他の参加者が禁止事項に違反するよう企図してはならない。

ルールをポケットに突っこみ、おれ——赤村ハヤトはあたりを見回す。

セントラルロッジの1階に変化はない。食堂も、談話室も、更衣室も、それ以外の設備も昼に見たときとまったく同じだ。

ただ、椅子は引かれたままで、皿のお菓子も減っている。壁面に飾られた竹製の武器も、いくつか消えていた。カイコの、「続きをやろうじゃないか。今、ここで」というリクエストを、伯爵は言葉どおり実現したらしい。

2階は、ほんの少しだけ変化していた。

いちばんわかりやすいのが、投票テーブルの中心に置かれた鍋だ。

加熱器具も置かれていないのに緑色の液体が泡立ち、湯気が立ち上っている。

各席にはアタッシュケースみたいな革の鞄と、新たなルール、そして蓋つきのガラス瓶がいくつかと、おたまが置かれていた。チェーンつきのタブレット端末は以前のままだ。

窓の外は真っ暗で、星一つ見えない。

「手狭になったな。」

「どういう原理で泡立ってるんですか、あの鍋……。」

「ウサギさーん？　お菓子置けないみたいだよー？」

他の参加者も続々と2階に集まってくる。

『これより「人狼サバイバル」を開始します。』

全参加者が着席すると、男性とも女性ともつかない声がその場に響く。

『伯爵に代わって司会進行を務めます、ジャッジと申します。今回のゲームでは参加者の1人が伯爵と入れ替わっております。ルールが多少変わりますので、ご注意ください。』

「念のため聞くが。」

リュウオウが少しだけ前のめりになる。

「退場させる以外の方法で伯爵を見破るすべはないんだな？」

『ございません、氷霜院リュウオウ様。……過去、ごく限定的なシチュエーションで伯爵が素性を見破られたケースはございます。ですが伯爵は同じ状況が発生しないよう、細心の注意を払っております。』

「……畳の件で妙に慎重だったのはそのせいか。小心者め。」

カイコが粘着質な笑みを浮かべる。

「勝利条件は変わらない。狼陣営の全滅。」

ムササビのつぶやきが警告の色を帯びる。

「ただし、狼陣営に伯爵が交じっている。そして伯爵を退場させた参加者は願いを１つ叶えてもらえる。その点だけが、今までのゲームと決定的に違う。」

「まだゲームを終わらせないよう、注意してください、皆さん。」

ウマノスケが鋭く言葉をはさんだ。

「今終わらせたら、ボクたちは不老のまま、暦も永遠に進まない世界になります。」

「まずは元どおりの世界に、って感じですね。」

「そうだねー。伯爵のいたずらを1つずつ戻そうね。」

「そうはさせん。」

リュウオウが笑みを含みつつ、厳めしい顔で告げた。

「世界は変革される必要がある。願いを叶えるのは俺だ。」

ウマノスケ、ムササビ、カラカルの顔面に、怒りが浮かんだ。

個人ロッジで待機している間に、おれたちは昼間のゲームで起きたおおよそのことがらを伯爵によって共有させられている。最終日のやりとりも含めて、すべてだ。

ゲーム内容とは無関係だけど、リュウオウの最終目標も、『ワイルドハント』で話を聞きそびれたこの3人に周知されている。

本人が了承しなかったのか、カイコが話していた部分はカットされていた。

伯爵にとっては舞台が整うまでの時間つぶし——余興の一環だったかもしれないけれど、結果的に最適なタイミングでの情報共有になった。

ゲームが始まったこのタイミングで話せば無用なタイムロスが生じるし、面と向かった状態だと、とっ組み合いのけんかが始まっていたかもしれない。それほどまでに、ウマノスケたち３人が滾らせる怒気は激しく、鋭い。

「『子どもは宝だ』。『あとは若い世代に託す』。『未来には無限の可能性がある』。大人たちはそんな美辞麗句を並べ立て、自分たちが汚しつくした世界を俺たちに押しつけようとしている。……そんな無責任は許さん。神が許しても俺が許さん。」

リュウオウの顔に冷たい怒りが浮かぶ。

「不老不死の牢獄で、人類には反省と贖罪をしてもらう。積み重ねてきた強欲と怠惰の始末をつけるまで、誰一人この世から逃がしはしない。」

「そんなことはさせない……！」

「なら止めてみろ、赤村。」

「ハヤトだけじゃないですからね、あなたを否定してるのは。」

ウサギがせんべいをバリンとかみくだいた。

「知っているし、当たり前だ。むしろ、俺にちょっとでも賛同するようなヤツは、外の雪に飛びこんで頭を冷やせ。」

「間違ってるってわかっててやるのかよ。めんどくせえな、この人。」

「間違いでなければ正せない歪みもある。」

「……くだらない。」

カイコは短く吐き捨てた。

「私の世界に波を立てるな。」

「世界はお前のものじゃない。」

「お前のものでもない。」

カイコとリュウオウはそのまま視線をぶつけ合った。

「……ライリュウさん？」

マイマイがやわらかい声を向ける。

「なんだか静かだけど、大丈夫だよね？　マイマイさんたちといっしょに、戦ってくれるよね？」

「……いえ、その気はありません。」

ライリュウの言葉に、何人かが顔を見合わせた。

「ボクにもあるんです。この機会に、叶えたい願いが。」

そんなわけがない。

ライリュウもリュウオウと同じで、大企業の跡取りだ。自力でも、家族の力を借りてでも、叶えられない願いなんてほとんどないはず。

もしあるとすればそれはリュウオウみたいに非現実的な――

「『すべての犯罪者――刑法というルールに違反したものは、その場でただちに命を失う』。それがボクの願いです。」

空気が、嫌な音をたててきしんだ。

リュウオウの願いを聞いたときとは異質な不快感がおれの胸に淀んだ。

「ボクの家業は『竜興リーガルアソシエイツ』。国内外、そして専門領域を問わず、腕利きの弁護士を擁する法律事務所です。」

そこで、ふっとライリュウは笑みをこぼした。

「『腕利きの弁護士』。」

その単語を復唱する意味がわからず、おれたちは視線を交わす。

「映画や小説で聞いたことはありませんか。『腕のいい弁護士を紹介する』『あいつには腕のいい弁護士がついている』というフレーズを。……でも、それっておかしな話じゃないですか。同じ背景で、同じ事情で、同じ罪を犯したのなら、弁護士の腕にかかわらず、罰は一定であるべきです。」

ライリュウはにこやかに微笑んだ。

でもその笑みには、今までとは違う硬質さがあった。

「もちろん、個人間の紛争を解決する民事裁判なら、弁護士の手腕が問われるのもわかります。どちらにも正当な言い分はあり、だれかの命が危険にさらされているわけではないのですから。……ですが刑事裁判で、刑法犯の罪が、なぜ赤の他人の舌先三寸で増えたり減ったりするんです？」

ライリュウの目が、手元の小瓶に向いた。

「たとえば人が人の命を奪ったなら、罰は一定であるべきでしょう？　なぜ加害者の子ども時代の家庭環境が問題になるんです？　被害者との人間関係？　持病？　何も関係ありません。罰とは罪に対して公平に科せられるものであり、『かわいそうだから』『仕方なかったから』なんて理由で増減するものじゃない。」

こつん、こつん、と。

ライリュウが小瓶でテーブルを打つ。

まるで、裁判官が木づちを振るうように。

「親が子どもを殴った。……そこに何の正当性があるんです？　人を騙してお金を奪った人間を、だれが、なぜ弁護しなければならないんです？　女性の身体を触って嫌がらせをすることに、悪意以外の何があるんです？」

ライリュウの笑みが、不気味に引きつって、ゆがんだ。

「刑法とはいかなる国でも、意図しなければ破られないようにできています。偶然破るなんてことはありえない。破った者はわざとやっている。例外なく悪人です。そういった人間をかわいそうに見せて、気の毒だとアピールすれば、罰は軽くなる。そんなのおかしいとは思いませんか？」

かつん、と。ライリュウが手を止める。

「正義って、口のうまさで決まるものじゃないんですから。」

ライリュウはおれたちじゃなく、小瓶を見つめている。

「……でも現実はそうじゃない。」

小瓶が倒れ、転がった。

「同じ罪を犯しても、腕利きの弁護士がつけば罪は減免されるんです。ボクの家業のお得意様のように。」

ビジネスライクな微笑がライリュウを彩る。

「たくさん、かばってきましたよ。親子を車ではねた資産家、顔の形が変わるまで恋人を殴った起業家、後輩を自死に追いこんだアーティスト、女性部下を繰り返し傷つけた大企業の役員……。」

ライリュウの目線がカイコに動く。

「放火という重罪を犯した人間すら、警察と連携して減刑させたことがあります。」

「あれは仕方な、」

言いかけたカイコが咳ばらいを1つした。

「それはきっと何か……複雑な事情があるんだろう。まあ被害者には気の毒ではあるが、罪状がただの『放火』で、犠牲者がいないのなら、」

「それが気に入らないと言ってるんです。」

ライリュウの声が怒気を帯びた。

「同じ罪を犯した者が、なぜ違う扱いを受けるんですか。人脈のあるお金持ちの罪は減免されて、そうでなければ名前をさらされ、顔をさらされ、二度と社会に復帰できない……！　おかしいでしょう。全員等しく罰せられるべきです。」

沸点を超えたのか、ライリュウのこぶしがテーブルをたたいた。

「ボクの信じる正義は、弱い人間を守る盾です！　強い人間の横暴を許す、免罪符なんかじゃない！」

とり乱したことを恥じ入るように、ライリュウが声のトーンを落とす。

「『すべての犯罪者を消し去り、正しく、やさしい人間だけの世界を作る』。それがボクの本当の願いです。そのためには、誰一人ひいきされない、公平で厳粛な法の支配が必要です。」

「だからって『命を失う』はないだろ……！」

「赤村君。君は人の命を奪う人間と隣近所に住みたいですか。女性を傷つけて、のうのうと社会に戻ってきた人間が、黒宮君に近づいたらどう思いますか。」

「……！」

「なぜ、人は人の命を奪ってはいけないか、知っていますか。」

答えはいろいろある。けど、おれは黙った。

「人の命を奪うような人間とは、いっしょに暮らしていけないからです。極刑というのは罰ではありません。その本質は『社会からの隔離』です。」

空気が、いっそう冷えこんだ気がした。

「それは窃盗だって放火だって同じでしょう。犯罪者といっしょに暮らしたい人なんていない。だから一律で罰するんです。たとえそれが非人道的な形でも。」

「矛盾だな。」

カイコがせせら笑う。

「願いを叶えたお前は刑法犯の命を確実に奪う。なのに、人の命を奪うヤツは許せない、だと？　お前自身を隔離しないとな。」

「いいえ。ボクの願いが叶った場合、罪人の命を奪うのは人間ではなく、『システム』です。人間が、あるいは権力が人間の命を奪うという制度上の歪みは、伯爵という超常存在によって解消されます。だれも手を汚すことはありません。」

「詭弁だ。」

「詭弁です。でも、反対の余地はないでしょう。犯罪者でもない限りは。あるいは、犯罪を起こす予定がないのであれば。あなたが善良な人間なら、正義の刃が鋭さを増すことに怯える理由はありません。」

場に再び、静寂が訪れた。

「伯爵のゲームは公正です。」

わずかに乱れた呼吸と声の震えを整えながら、ライリュウがディスプレイを見る。

「ルール違反を犯したものは、弁明も言い訳の余地もなく退場させられる。参加者の立場も政治的な力もいっさい無関係。……でも、それが本来のルールの在り方でしょう。約束事を守りながら共同体を作る、人間社会のあるべき姿です。だからボクの願いが、」

「ダメです。」

それまで黙っていたウマノスケが割りこんだ。

その目が、じっとライリュウを射貫いている。

「そんな願いは叶えさせません、ライリュウさん。」

「橙君。言いたいことはわかります。交通事故のように偶然刑法を破るケースもあるでしょうし、冤罪の危険性も存在します。国によって刑法が異なる点も不公平のもとでしょう。ですが、」

「そういうことじゃありません。」

「……ではどういうことなんですか。」

「ダメなものはダメだからです。」

ライリュウの顔に、怒りが浮かんだ。

「ダメなものはダメって、そんな話が、」

「たった1人のわがままで、世界を変えちゃダメでしょう!!」

予告なく放たれた怒声に、窓ガラスまでもが震えた。

「君も、リュウオウさんも、なんで自分のわがままを通そうとするんです！　いつ、世の中がそんなことを許しましたか！」

「では話し合うのか。人類全体で。社会の成員全体で。」

リュウオウがあきれた表情を浮かべた。

「話し合いで何かが劇的に変わると思うか？　だれだって現状維持を望むに決まっているだろう。考えることは疲れるし、変化は面倒だし、責任もとりたくないからな。」

「それが大多数の意見なら従うしかないだろう？　それが民主主義というものだ。」

カイコの声は粘つくようだった。

「そういうことを実現したいのなら、正当な手続きを踏んで、政治家になってもらうしかない。伯爵の力で無理やり変えようだなんて、自分勝手でいけないことだなあ、竜殿。」

「政治家になって？　お前たちのようなヤツに妨害されながらか？」

「人聞きが悪いな。民主主義の守護者である私と、過激派のテロリストにすぎないお前たち、正しいのはどちらだ？」

「比較の基準がおかしいだろう。お前は俺や紫電院の側だ。生涯、理不尽や不公正に苦しむことのない圧倒的強者だ。」

「それも大多数が望んだことだよ。腐敗は怠惰からしか生まれない。お前の嫌いな圧倒的強者とやらは、お前の大好きな大衆の怠惰が生んだものだ。」

「だから俺が変えると言ってる。」

「迷惑だからやめろと言ってる。」

火花を散らす2人をしり目に、ライリュウはウマノスケを見ていた。

「……残念です。君はわかってくれそうな気がしていたんですが。」

「ボクもです。君とは友達になれると思っていました。」

どちらも、それほど残念そうには見えなかった。

もう臨戦態勢に入っているからだ。

「オウさん。」

「言うな。お前はお前の虹をつかめ。」

「はい。」

ライリュウの目の中に、小さな雷が爆ぜたように見えた。

2 願いを開示したばかりの者は伯爵ではない。

【遊戯時間のゲーム：ワルプルギスの夜】

・参加者は遊戯時間開始時に「鞄」を1つ、「薬草」を6本、「麻袋」を6つ授けられる。

※初回のみ、「薬草」は7本、「麻袋」も7つ授けられる。

・参加者はジャッジの合図で「大釜」に任意の薬草を1本投入する。このとき、薬草は麻袋に入れ、口を縛った状態でなければならない。

・参加者全員が薬草を投入したのち、配合された「秘薬」が大釜からとり出される。

・どの「秘薬」になるのかは、投入した薬草の数と種類によって変動する。

※とり出された秘薬の名前は、使用されるまでアナウンスされない。配合に失敗した場合のアナウンスも同様である。

・「秘薬」がとり出されるたびに、参加者はその使用権者を決定する。

・「秘薬」の使用権は希望した参加者１名が持つ。ただし、使用権を希望した時点で、その参加者は鞄の中の薬草をすべて開示しなければならない。
・希望者が複数名存在する場合、希望者を除く参加者全員で投票を行い、使用権者１名を決定する。同数票になった場合、該当者のじゃんけんで使用権者を決定する。
・「秘薬」が３度とり出された後、「遊戯時間」は終了する。
・「秘薬」は議論時間開始時にのみ使用できる。また、とり出されたその日のみ効果を有する。
・「秘薬」は使用権を持つ参加者自身が使用するか、他の参加者１名を選び、使用権を移して強制的に使用させる。
・「秘薬」はとり出された順番で使用される。

【薬草一覧】
・ヘビイチゴ：赤いヘビイチゴは、「占い師の秘薬」を生む。
・ローズマリー：紫のローズマリーは、「霊媒師の秘薬」を生む。
・イラクサ：棘を持つイラクサは、「聖騎士の秘薬」を生む。

・ニガヨモギ：緑色のニガヨモギは、「芸術家の秘薬」を生む。
・ジギタリス：桃色のジギタリスは、「魔女の秘薬」を生む。
・マンドラゴラ：呪われたマンドラゴラがなければ、秘薬は秘薬たりえない。呪われたマンドラゴラが過ぎれば、薬はすなわち毒となる。

【秘薬のレシピ】
・占い師の秘薬：ヘビイチゴが最も多く、マンドラゴラが１本以上３本以下
・霊媒師の秘薬：ローズマリーが最も多く、マンドラゴラが１本以上３本以下
・聖騎士の秘薬：イラクサが最も多く、マンドラゴラが１本以上３本以下
・芸術家の秘薬：ニガヨモギが最も多く、マンドラゴラが１本以上３本以下
・魔女の秘薬：ジギタリスが最も多く、マンドラゴラが１本以上３本以下
・義賊の秘薬：最も多く投入された薬草が複数で同数、かつマンドラゴラが１本以上３本以下
・猛毒薬：マンドラゴラが最も多いか、４本以上投入された場合
※どのレシピにも沿わない結果の場合、配合は「失敗」となる。

【秘薬の効果】
・占い師の秘薬：参加者1名を選ぶ。その参加者の陣営を自分だけに知らされる。
・霊媒師の秘薬：前回の投票で退場した参加者の陣営を、自分だけに知らされる。
・聖騎士の秘薬：自分以外の参加者1名を選ぶ。その参加者と自分は次の「夜時間」に襲撃から護られる。
※守護される相手を知っているのは、「聖騎士の秘薬」使用者とジャッジのみである。
※「聖騎士の秘薬」は使用者が退場した場合、その日の効果は失われる。
・芸術家の秘薬：参加者3名を選ぶ。その中に伯爵がいるかを自分だけに知らされる。
・魔女の秘薬：参加者1名を選ぶ。その参加者を退場させるか、復活させる。
※復活した参加者は退場している間、および襲撃時の記憶を持たない。
・義賊の秘薬：参加者1名を選ぶ。その参加者が秘薬の効果を偽った場合、ただちに退場させる。
※効果を偽ったタイミングは、「義賊の秘薬」使用前、使用後を問わない。

・猛毒薬：使用者をただちに退場させる。

『皆様、鞄を開いてください。』

「机の上でか？　膝の上でか？」

『どちらでも結構です。』

ルールをたたんで鞄を開けると、薬草らしきものが6種類と、ざらざらした麻袋が収められていた。

『これより「遊戯時間」を開始いたします。皆様には私の合図で薬草を1本、その大釜に入れていただきます。ルールにあるとおり、薬草は麻袋に入れた状態で投入してください。薬草をそのまま鞄の外へ出す行為、他の参加者の鞄をのぞきこむ行為は、ただちに退場となりますのでご注意を。』

鍋は依然として泡を立てている。

熱は持っていないはずなのに、ロッジの空気は少しずつ温まっていく。

『鍋に入れた薬草の種類と数によって、秘薬が配合されます。この秘薬が今回のゲームにおける役職、あるいは能力です。配合の機会は1度の遊戯時間につき3度です。なお、配合した秘薬は希望者が利用する形となりますが、希望した時点で手持ちの薬草をすべて開示していただきます。希望者が複数の場合は希望していない参加者による投票で決定しますが、開示は希望した時点で行われます。』

おれはガラス瓶を指先で軽く小突いた。

『秘薬には使用者の命を奪うものもございます。秘薬の使用権を得た参加者は自身で使っても構いませんし、他者に使用を強制することもできます。質問はございますか？』

「この瓶とレードルは？」

『秘薬をくみとる際に利用します。実際の使用権とは無関係ですので、どなたが利用されても構いません。』

「くんだ後はどうするの？　まさか飲むんじゃ……。」

『蓋をして「議論時間」まで手元に置き、使用する際は蓋を開けていただくだけで結構です。』

「要するに……『せーの』で全員が6種類の薬草から1本を出して、いちばん数の多かった薬草の種類に応じて、だれか1人が役職……っていうか能力をゲットできるってこと……ですよね？」

「すごくざっくり説明すると、そんな感じだねー。」

「薬草の区別はつくな？」

　カイコが声を向けたのは、ジャッジじゃなくておれたちだった。

「その名のとおり、野イチゴに似ているのがヘビイチゴ、紫の花をつけているのがローズマリー、シソに似た平たい葉がイラクサだ。……本来、イラクサには毒があり素手で触れてはいけないのだが、これは平気らしいな。個性のないのがニガヨモギで、ラッパに似たピンクの花がジギタリス。根が人の形に見えるのがマンドラゴラだろう。」

　鞄の中の薬草を指さし、カイコの描写と照合していたおれは、ふと気づいた。

　その疑問はおれじゃなく、幼なじみの口から出た。

「イラクサもニガヨモギも緑色なのに、なんでニガヨモギだけ緑って説明なんだろ……？」

「ニガヨモギは『アブサン』っていう緑色のお酒に使われてたからじゃないですかね。昔

の芸術家がよく飲んでて、身体壊してたって聞いたことありますよ。」

「野草は毒性のあるものが多い。黒。」

「私も雑草は食べないよ……。」

『試しに一度、やってみましょう。今、鞄の中には6種類の薬草が7本用意されているはずです。重複している1本を麻袋に入れてください。』

おれたちは麻袋に1本の薬草を入れ、口を結んだ。

他のメンバーも試していたけど、中を透かし見ることは難しそうだ。薬草の端でもはみ出しているなら話は別だけど、それは禁止事項に抵触しかねないから、みんな気をつけている。

　合図はないので、だれからともなく、鍋に放りこむ。

「！　色が……。」

　鍋の中身の色が、青みがかった紫色に変化した。湯気も大きく立ち上り、甘いような酸っぱいような、おかしなにおいが漂う。

『投入された薬草の数や種類と、鍋の変化に関連性はありません。ご安心ください。』

「では、使用者を決めようか。」

「俺が行く。」

「おれが。」

「ボクがやります。」

「ボクです。」

「……みんな血の気が多すぎる。」

『希望者には薬草を開示していただきます。』

「とはいえ、鞄からは出せないだろう。」

『はい。ですので、鞄を開いた状態で、テーブルの中央へ向けてください。』

おれたちは言われたとおりにした。

当たり前だけど、全員の鞄に6種類の薬草が1本ずつ収められている。

本番だと、減った薬草がどれなのか丸わかりだ。

『使用希望者が複数名ですので、使用を希望しない参加者が投票で使用者を決定してください。これには貸与タブレットをご利用いただきます。』

「じゃあ、私たちが投票して決めるね。……。」

ウサギ、ムササビ、マイマイ、カラカル、カイコがタブレットを操作した。

『結果をお知らせします。橙ウマノスケ様、3票、赤村ハヤト様、1票、紫電院ライリュウ様、1票。最多得票者は橙ウマノスケ様です。』

ウマノスケはゆっくりとおたまを大釜に入れ、どろりとした秘薬をすくい上げる。

おたまの形状は円形じゃなく三角形に近い。突き出した部分を使えば、こぼさずに秘薬を注ぐことができそうで、実際にウマノスケはそうした。

小瓶に蓋をしたウマノスケは、少し息を吐く。

『実際にはこれを3度繰り返し、遊戯時間終了となります。そののち、ただちに議論時間が始まります。秘薬の使用タイミングはこの議論時間開始時です。それでは、現在を議論時間開始時と見立てて、橙ウマノスケ様には秘薬を使用していただきます。』

「自分で使うか、だれかに使わせるか、選んで、ウマ。」

「自分で使います。」

ウマノスケがガラスの蓋をとりはずした。

もわりと煙が立ち上り、中の液体がみるみる減っていく。

『タブレットでいずれかの参加者を選択してください。』

ウマノスケがタブレットに触れた。

『橙ウマノスケ様が使用したのは「占い師の秘薬」でした。結果を表示します。』

「結果が出ました。ハヤトさんはシロと。」

「ジャッジ。今は本番じゃないから、結果はダミーなんだよね？」

『そのとおりです、淡雪マイマイ様。……以上が大まかな流れですが、他に何か質問はございますか？』

「質問だ。伯爵が猛毒薬を使って退場した場合の処理を聞きたい。」

おれより先にリュウオウが声を上げた。

「ケースとしては２つだろう。１つは伯爵自身が使用権を獲得した猛毒薬で退場した場合……言い換えれば、『別の秘薬と誤認して猛毒薬を使用した場合』だ。もう１つは『他の参加者に使用を強制された秘薬が猛毒薬だった場合』だ。」

リュウオウは親指と人差し指を立て、残りの指を曲げている。

「前者の場合、願いを叶える権利を得るのは『秘薬を猛毒薬に誤認させたマンドラゴラの投入者のいずれか』で、後者の場合は『伯爵に猛毒薬の使用を強制させた参加者』、という認識で間違いないだろうか。」

『間違っておりません、氷霜院リュウオウ様。なお、前者の場合、該当者が複数名になるかと思います。その場合の処理はルールに記載されているとおりです。』

「理解した。ありがとう。」

『他に質問がなければ、３分後に本番を開始します。』

それからの３分間は、３時間にも感じられた。

おれの役職は『村人』。

つまり、おれ以外の8人の中に伯爵がいる。

相手は伯爵だ。勝敗を決める『狼』の数こそ減ったけど、難度はさっきまでの比じゃない。ほんのわずかなミスが全滅に直結する。

個人的な願いを叶えようとしているリュウオウとライリュウもいる。そいつらが伯爵を討ったら、いよいよ収拾がつかなくなる。

勝つためにはどうするべきか。このルールで、ゲームで、できることは何か。

おれは脳を絞り、考えに没頭する。

そこで、気づいた。

(あれ……？　……！)

一瞬、何かの冗談かと思った。

でも、間違いない。

(嘘だろ……！　いや、でも。)

『遊戯時間を開始します。』

ジャッジの声で、我に返る。

『各参加者は薬草を1本選び、麻袋に入れた状態で鍋に投じてください。』

「時間制限はあるの？」

『ございません、黒宮ウサギ様。大幅な遅延行為とみなされない程度でしたら、話し合っていただいても結構です。』

「最初は占い師にしようよ。」

ウサギの言葉は早かった。

「チャンスは3回だよね。だったらまず占い師で、2回目が伯爵を絞りこめる芸術家、3回目は聖騎士がベストじゃない？」

「理論上はな。そううまく行くとは思えないが。」

どの秘薬を配合するにせよ、マンドラゴラが一定数必要だ。かといって、マンドラゴラの数が多すぎると秘薬が猛毒薬に変わってしまう。

共犯者を含む狼陣営は、マンドラゴラを多く入れて猛毒薬を作らせたいはずだ。もしくは、配合そのものを失敗させるのも都合がいい。

「みんなはヘビイチゴを入れて。マンドラゴラ、私が入れるから。秘薬の使用権をとるときに見せれば、証明になるよね。」

「ウサギさんの役職は不明です。むしろ、この案を提示したウサギさん以外のだれかが使用権を得るのが公平だと思います。」

「でもその流れ、ちょっとウサギさんの狙いどおりにも感じるよねー。」

「そうだな。使用権をとらないのなら、ウサギは全体の流れを誘導しつつ、手持ちの薬草を開示しないということになる。好きなタイミングで村人陣営を妨害できる。」

「そうですかね。言い出したウサギくんが責任とるのがいちばんよくないです？」

「自分もそう思ってる。それに黒の案は狼を誘いこみやすい。」

今の参加者は9人。意図した秘薬じゃなく、猛毒薬ができてしまうマンドラゴラの投入数は最小で4本。

ウサギが1本入れると宣言したら、狼陣営は同じタイミングでいっせいにマンドラゴラを入れようとするだろう。それを読んでウサギが別の薬草を入れれば、マンドラゴラの投入数は3本に抑えられるから、毒薬は作られない。

しかも狼陣営は今日の遊戯時間の間、マンドラゴラなしになって、2回目以降の秘薬が成功しやすい。さらに、手持ちの薬草を開示できる状況じゃなくなるから、秘薬の使用権を手に入れることすら難しくなる。

「黒宮君の案を採用すべきか否かと、黒宮君を使用者にすべきか否かを別々に考えるべきでしょう。」

「決を採ろう。まず、黒宮の案に反対の者。」

挙手をする参加者はいなかった。

「賛成の者。」

全員が手を挙げた。

「賛成多数だな。黒宮の案を採用する。なお、状況に対して柔軟に対応できるよう、ひとまず1回目の配合で占い師の秘薬を狙う方針は確定、ということにする。」

「ウサギ。芸術家、占い師の順番にしなかった理由は？」

「それも考えたんだけど、芸術家の秘薬って伯爵がいるかいないかを確認できるだけで、狼がいるかいないかには反応しないと思うの。だよね、ジャッジ？」

『左様でございます、黒宮ウサギ様。選ばれた3名の中に伯爵が存在する場合のみ、その事実を使用者にお知らせします。』

「だから、芸術家の秘薬に頼ると伯爵じゃないほうの狼を見逃すかなって。」

「かといって占い師の秘薬だけだと時間がかかる。だから併用ってことか？」

「うん。」

「では、秘薬の使用者をウサギにすべきだと思う者、挙手を。」

おれ、ウサギ、リュウオウ、カラカルが手を挙げる。

「反対の者。」

ウマノスケ、マイマイ、カイコ、ライリュウが手を挙げた。

「ムササビ。なんで手を挙げなかったの？」

ムササビは腕を組み、じろりとおれたちに視線を巡らせる。

「秘薬は、同じものを2回作ることができる。」

あっという声が、何人かの参加者からもれた。

「たとえば1回目はヘビイチゴを4本、マンドラゴラを1本、それ以外をバラバラに、2

本以下で入れる。すると参加者全員の手持ちを合計したとき、ヘビイチゴが5本残る。2回目の配合で同じことをすれば、占い師の秘薬が2本作れる。」

「なるほど、道理だな。しかし……。」

「危なくないです？　ウサギくんのプランって、ウサギくん以外の全員がヘビイチゴを入れるって話ですよね？　でもムササビくんのプランは、ヘビイチゴを入れる人数をぎりぎりまで減らすってことでしょ？　ヘビイチゴを入れる担当に1人狼か共犯者が交じってて、そいつと他の敵が指定されてない薬草入れたら、失敗しません？　いちばん多く入った薬草がヘビイチゴじゃなくなって……。」

「カラカルさん、落ち着いてー？」

「もう少し細かく考えよう。大釜に最も多く入った薬草がヘビイチゴなら、だれが何人裏切ろうと問題はない。裏切り者が出て、ヘビイチゴ以外が最も多く投入された場合、霊媒師や聖騎士の秘薬が配合される。マンドラゴラなら猛毒薬だ。」

「複数種類が同率1位だったらどうなるんでしたっけ。」

「義賊の秘薬ができますね。」

「あー……嘘の結果を出したヤツを退場させるっていう……。」

「配合が失敗するのはマンドラゴラの数がゼロだったときだけのようだ。つまり、裏切り者が出ることが、ただちに配合の失敗を意味するわけではない。」

「あれ？　じゃあムササビくんのプランがベストなの、かな……？」

「ムササビのプランだと、もし狼陣営が余計にマンドラゴラを入れて猛毒薬が作られたとしても、本来マンドラゴラを入れる役目だった人はシロだと確定します。今の時点だと猛毒薬の生成に必要なマンドラゴラの最低数は4なので。」

「あれ？　じゃあ、本当にムササビくんのプランのほうが。」

「そうとも限らないよねー。」

「うん。おれも、ムササビのプランがベストだとは思わない。」

「どうしてです？」

「ムササビのプランだと、義賊の秘薬を配合しやすくなるんだ。」

「？　いいじゃないですか。義賊の秘薬って、秘薬の結果で嘘ついたら退場なんですよね？　それも一応、意味あるし。」

「カラカルさん？　本来できるはずだった秘薬はどうするの？」

「あ……。」

　たとえば、おれ、ウサギ、ウマノスケ、ムササビの4人がシロとして、ヘビイチゴ担当になるとする。

　残るのはマイマイ、カラカル、カイコ、ライリュウ、リュウオウの5人で、それぞれが残る5種類の薬草を1本ずつ入れる担当になる。

　このとき、狼陣営2人と共犯者は、マンドラゴラ以外の適当な薬草を入れることで、ヘビイチゴと同じ4本という数字を作ることができる。

　出来上がるのは義賊の秘薬で、それは参加者の陣営を特定する手助けにならない。

　2回目も、ヘビイチゴの指定投入数が4本なら同じことができる。

「5本なら平気じゃないですか。」

「5人全員がヘビイチゴを出すのならな。これは4本のときも同じだ。1人でも裏切り者が出れば、占い師の秘薬は義賊の秘薬に早変わりする。」

「手持ちの薬草が開示されるのは、秘薬の使用権をリクエストしたときだけ。裏切ってるかどうかを確かめる方法はほぼないよね。」

「いや、ある。秘薬の使用者を自分たちで指定すればいい。」

ムササビの言葉は切りこむように鋭い。

「投票でもなんでもいい。事前に予想できないだれかに強制使用させれば、そいつの手持ちの薬草は開示されて、指示された薬草を入れたかどうかわかる。」

「狼陣営は投票先を揃えて、自分たちが使用者にならないよう立ち回るでしょう。」

「それならそれでいい。だってそのとき、使用者になるのは村人なんだから。」

「……なるほど。狼陣営が裏切りを行っている場合、自分たちの薬草を開示したくないから、適当な村人に票を集中させる。逆説的に、不自然に票が集まったヤツはシロ、か。」

「それを読んで、狼陣営が裏切る数を調整する可能性もあります。」

「でも、今この場で細かい意思疎通はできないはず。1回目のヘビイチゴを4本にする必要も別にない。5本にしてもいい。だれがヘビイチゴを入れるかもルールの順とは無関係に、ランダムに決めて、すぐに薬草を入れればいい。」

「狼陣営に相談する暇を与えないわけか。」

「それでも相手は伯爵だ。リスクはやっぱりあると思う。」

だれも触れようとしないけど、村人陣営が狼陣営の裏切りを読んで、わざと違う薬草を入れる可能性だってある。ウサギのプランで、ウサギ自身がやるかもしれないと言われていたことだ。これが起きると、予定にない秘薬が配合されるおそれがある。

ムササビのプランなら、同じ秘薬を2度配合できるかもしれない。でも、ウサギのプランと違って確実性に欠けている。予期しないことが起きる可能性がある。

そして『予期しないこと』はほぼ確実に村人陣営を不利にする。

(また採決になる……。たぶん、ウサギのプランになるはずだ……。)

安定感のあるウサギのプランと、リスクを伴うムササビのプラン。これが命がけのゲームである以上、大多数は前者を選ぶ。

でもその道の先に、たぶん勝利は存在しない。

(伯爵は読んでるはずだ……そこまで……!)

駆け引きや読み合いを得意とする伯爵に、安定感のある戦法はむしろ危険だ。

かといってムササビのプランだとリスクが大きすぎる。勝てる可能性はあるけど、返り討ちに遭うリスクも見すごせない。

(何かないか……?　もっといい手……。)

「決を──。黒──ン──賛──。」

6種類の薬草。秘薬。マンドラゴラ。猛毒薬。

「──檸──ラ──────。」

ムササビ、ウマノスケ、カラカル、ライリュウが手を挙げた。

使用者。薬草の開示。複数人。希望者以外の投票。

1人がマンドラゴラ。それ以外。同じ秘薬を2度配合する。

「──、──?」

「──?　──────!」

「──。赤村君!」

ライリュウの声で、おれは我に返った。

「大丈夫ですか?　採決中ですよ。」

「気分でもすぐれないのか?　ジャッジ。離席ができないのなら、濡れタオルか何か。」

「……あった。」

おれは思い浮かんだ考えを、そのまま口に出す。

「別のプラン。」

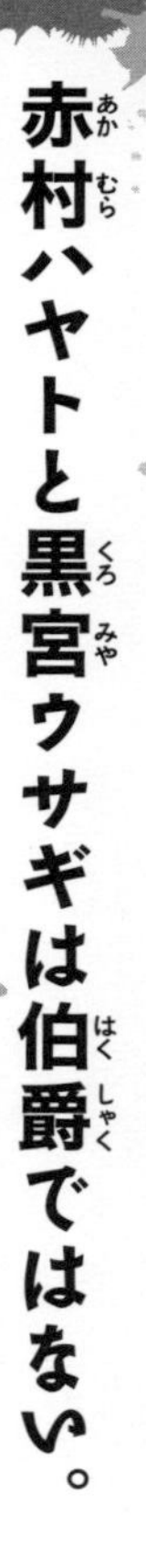

3 赤村ハヤトと黒宮ウサギは伯爵ではない。

『秘薬が配合されました。』

9人分の麻袋をのみこむと、鍋の液体はイチゴジャムみたいに赤くなった。

立ち上る湯気はむせるほど甘く、水面では粘ついた泡が繰り返し弾けている。

『使用者を決定し、中身を瓶に移してください。』

「では、赤村の作戦どおりに行こう。使用を希望する者は挙手を。」

ウサギ、ウマノスケ、ムササビ、マイマイ、カラカル、カイコ、ライリュウ、リュウオウの8人が手を挙げた。

『希望者は手持ちの薬草を開示することになります。鞄を開き、他の参加者に見えるよう向きを変えてください。』

鞄が次々に開き、テーブルの中央へ向けられる。

まるで、身代金が入っていることを誘拐犯に見せつけるような動きで。

ウサギ、ウマノスケ、ムササビの鞄からはヘビイチゴが消えている。

マイマイとカラカルはローズマリー、カイコはイラクサ、ライリュウはニガヨモギで
リュウオウはジギタリス。

おれの鞄からはマンドラゴラがなくなっているけど、見せることはできない。

「薬草はそれぞれ形が違いすぎる。偽装している可能性は低いな。」

「どれもこのあたりには生えてない。新しく摘むのも無理。」

これで、最も多く投入された薬草はヘビイチゴで確定だ。つまり、配合されるのは『占い師の秘薬』。

『希望者が複数名のため、希望者以外の参加者は投票を行い、使用者を決定してください。該当者は赤村ハヤト様です。』

おれはタブレット端末に目を落とし、ウサギの名前をタッチした。

『最多得票者は黒宮ウサギ様です。使用者は黒宮ウサギ様に決定しました。』

ウサギがおたまを手にとって、鍋の中身を瓶に移す。

それはルールで定められた行為じゃないけど、使用者が秘薬を注ぐのがいちばん自然な

ので、おれたちは黙ってそれを見ていた。

「クレバーというより、狡猾な作戦だ。」

「ですが、現段階では最善でしょう。」

おれのプランはシンプルだ。

入れる薬草を事前に指定する点はウサギと同じだ。ただし、あらかじめ決めた1人を除いて、全員が使用を希望する。

これによって、1人以外の全員が手持ちの薬草を開示することになる。

（これで猛毒薬の妨害を防げる……！）

そしてこのプランなら、ムササビのプランをとりこむこともできる。

『2回目の配合を行います。参加者の皆様は薬草を投入してください。』

「みんな、もう一度占い師の秘薬を配合しよう。内訳は……。」

同じ秘薬の連続配合。おれのプランでも、それは実現できる。

マイマイ、カラカル、カイコの鞄からヘビイチゴが消え、ライリュウはイラクサ、リュウオウはニガヨモギ、ウサギとムササビがローズマリーを投じている。

おれはジギタリスで、マンドラゴラの担当はウマノスケだ。

「では、ムササビを指名します。」

ウマノスケがタブレットに触れた。

指名者については、ひとまず立候補制にした。薬草を開示しない代わりに、あとで使用権を渡されない限り秘薬を使うことのできない立場だからか、すんなり決まった。

「……ウサギくんとムササビくんで本当によかったんですかね、使用者。」

「そこは悩みどころだけど、プランを出してくれたのは2人だからねー。今の時点だと他のだれにしても結果は同じだと思うし。」

配合された秘薬を、ムササビがなめらかに瓶へ注ぐ。

これで占い師の秘薬が2本。

(よし……!)

完璧とは言わない。けど、このプランなら伯爵の読みを1手上回れるはずだ。

伯爵は占い師の秘薬が2本、安全に配合される事態をきっと想定していない。

必勝法ではないけど、悪くない作戦のはず。

そう考えながら視線を動かしたおれは、カイコがうっすら笑っていることに気づいた。

「……カイコさん。何か言いたいこと、ありますか？」

「いや。そう簡単に事が運べばいいんだがな、と思っていた。」

「戦術は適宜変えればいい。次は聖騎士の秘薬だな。」

「ええ。イラクサが最多になるようにしましょう。マンドラゴラはひとまず……。」

ライリュウは、じっとカイコを見た。

「桔梗路君にお願いしたいのですが、いかがでしょうか。」

「いいだろう。」

「指名役はだれがいいかなー？　マイマイさんやろうか？」

「あーそれ、おれがやりますよ。話すの苦手だし、こういうところで役に立っておきたいです。」

「じゃあ、カラカルさんだね。」

「秘薬を使うのはだれにする？」

「ボクが行きます。」

「では橙君で。イラクサは赤村君、黒宮君、苺屋君が入れてください。檸檬里君はジギタリス、淡雪君はニガヨモギ、橙君とボクがローズマリーで、オウさんはヘビイチゴ、という分け方でいかがでしょうか。……残数、合っていますか？　うろ覚えで言いましたが。」

「……ん。問題なさそう。」

そう。問題ない。

薬草を麻袋に入れながら、おれは繰り返しそのことを考えていた。

何も問題ないはずだ。狼陣営は妨害しようがないんだから。

そう思っていたから、予想外だった。

リュウオウの鞄から消えていたのが、ヘビイチゴじゃなくローズマリーだったことが。

「リュウオウさん。指示と違うじゃないですか……！」

一瞬、鍋から立つ湯気が、ウマノスケから逃げるように真横へ流れた。

「そうだな。俺はローズマリーを入れた。」

「裏切りですか。」

「そう思うのか？」

「吊る。」

ムササビはぶすっとした表情でつぶやいた。

「こっちの作戦を台なしにしたんだから、敵。」

「違うぞ、ウマノスケ、ムササビ。そういう話じゃない。」

カイコは笑みをこぼした。

「今、鍋に入っていることが確定している薬草はイラクサが3で、ローズマリーが2、ジギタリスとニガヨモギ、マンドラゴラが1だ。そして、竜殿の入れた薬草がローズマリーということは、どういうことだ？」

その場合、最多投入された薬草は、イラクサの3本とローズマリーの3本で同数。

この場合に配合される秘薬は――

「義賊の秘薬……！」

「そうだ。つまり今日、ウサギとムササビが秘薬の結果を偽れば、退場を食らう可能性がある。」

「結果的には氷霜院さんをアシストしたことになるよね。」

「そんなつもりはなかったんだけど。」

「そうだな。ハヤトに悪意はない。」

「……だから会長さんがマンドラゴラだったんだね。」

マイマイは少し違うほうを見ているようだった。

「会長さんがローズマリーだと、リュウオウさんの作戦を読んでイラクサに変えられちゃうかもしれないんだよね。でもマンドラゴラを指定すれば、薬草を変えられることはない。だってマンドラゴラの数が1未満になったら、配合自体が失敗しちゃうから。」

「そういうことだ。指摘しようかと思ったが、あの時点でもめるぐらいなら通すべきだと判断した。」

つまり、リュウオウ、ライリュウ、カイコの3人はおれより1手深く読んでいた。

悔しさは感じたけど、そんな気分に振り回されてる場合じゃない。

『苺屋カラカル様。希望者の中から1人、使用者を選択してください。』

「……すみませんね、ウマノスケくん。」

『氷霜院リュウオウ様が使用者となりました。』

リュウオウは意外なほど巧みな手つきで、小瓶に秘薬を注いだ。

(まだだ……。伯爵を有利にしたわけじゃない……!)

おれは1手後れをとった。でも、それはリュウオウたちに対してだけだ。

伯爵にさえ後れをとらなければそれでいい。

『これにて『ワルプルギスの夜』を終了します。5分後に議論時間を始めますので、ご承知おきください。』

「このでかい鞄、邪魔なんですけど。」

『床に置いていただいて結構です。』

みんな、すぐには動かなかった。

一度鞄を開き、薬草を手にとったり、麻袋にごそごそと触れながら、沈思にふけっている。

ここで鞄を閉じてしまったら、議論時間が始まり、『ワルプルギスの夜』を脳内でシミュレーションしづらくなる。次のゲームでトリックプレーに翻弄されないためにも、ぎりぎりまで薬草に触れて、この頭脳戦の感覚を忘れないようにしたい。そんな考えが手にとるようにわかった。その気持ちはおれだって同じだからだ。

やがて、試験を終えた生徒が答案を裏返してペンを置くように、一人また一人と鞄を床に置き、閉じ、手を離していく。

「難しく考えることはない。ワイルドハントと同じだ。」

カイコがつぶやく。

「騙して、出し抜け。」

4 思想や信条を秘した者は伯爵ではない。

『議論時間を開始します。まず、秘薬をご使用ください。黒宮ウサギ様、檸檬里ムササビ様、氷霜院リュウオウ様の順番です。』

「自分じゃなくて、他の人に使ってもらってもいいんだよね？」

『構いません、黒宮ウサギ様。その場合、使用は強制となります。選ばれたほうは拒否することができません。』

今日の議論の爆弾は、リュウオウの持つ『義賊の秘薬』だ。

リュウオウに選ばれた参加者は秘薬の結果を偽ることができない。偽れば、即退場だ。

そしてリュウオウが秘薬を使うのは最後。かなり有利だ。

「お2人の占い先、ボクたちで選ぶのはいかがでしょうか。」

ライリュウがアルカイックスマイルを浮かべて続ける。

「ボクたちにとって望ましいのは、２人のうちどちらかが嘘をつき、そのままオウさんの秘薬で退場することです。……できれば、嘘をついてもらいたい。」

最後の言葉には暗い力がこめられていた。

「2人が自分の意思で相手を選ぶと、嘘をつかなくていい相手を選びそうだよねー。どっちかが狼陣営だったら、っていう前提になるけど。」

「ええ。ですから、占い先をボクたちが決定することで、2人が嘘をつかざるをえない状況を作ります。」

「それはマイマイさん、反対だなー。」

「なぜです？　伯爵を討つためには必要なことです。」

「義賊の秘薬でだれかを退場させるためには、だろ。勝手にゴールを変えるな。」

「うん。義賊の秘薬は伯爵を倒す唯一絶対の方法じゃないよね。私とムササビちゃんに嘘をついてもらいたいっていうのは、紫電院くんの願望でしかないよ。」

「リュウオウくんがシロっぽいから秘薬を使ってもらう、ってとこまでは同意しましたけどね。そこから先はあんたらの世界だ。おれたちが手を貸す義理はねえよ。」

「別に決めることを止めはしないけど、自分はお前に従わない。」

「感情的になってはいけません。」

ライリュウは即座に返した。

「最速最短で敵を排除する方法は義賊の秘薬の成功です。反論の余地はありません。それをあなたたちは好き嫌いの問題で妨げようとしている。それでは負けてしまいます。」

「そのために他人の自由意思を奪おうとするな、という話だ、ライリュウ。」

カイコがせせら笑った。

「義賊の秘薬で退場者が出るのは望ましいが、それで竜殿が伯爵を討つのは望ましくない。よって次善策を選ぶ。この判断は合理的だよ。」

「ウサギさんとムササビのどちらがだれを占うにせよ、リュウオウさんの秘薬があれば結果は確実なものとして保証されます。今はそれで十分です。」

「伯爵相手に手段を選ぶんですか、橙君。」

「そうです。ですが、君やリュウオウさん以外のだれかが義賊の秘薬を持っていれば、こうはなりませんでした。」

ライリュウが口をつぐんだ。

「事前に願いを明かした以上、義賊の秘薬の使用権を勝ちとったところで、こうなることはわかっていたはずです。それとも、ボクたち相手なら最速最短なんて言葉で押し切れると思っていましたか。」

「うん。本当に最速最短ですませたいなら、黙って橙くんに秘薬の使用権を渡しておくべきだったよね。」

カイコが笑いをかみ殺し、竜殿、とつぶやいた。

「この子たちはお前たちのわがままに付き合う気はないそうだ。暗示的だな？」

「どの口で人のわがままをとがめるんだ、桔梗路。」

「この麗しい口でだ。決を採ってみるか？」

「その必要はない。」

リュウオウは両肘をテーブルに載せ、少しだけ前に体重を傾けた。

「最速最短の道は、俺以外のだれかが義賊の秘薬を使うこと、か。」

リュウオウの鋭い目が、ウサギを射貫く。

「橙、黒宮。お前たちが正しい。」

ジャッジ、とリュウオウは目だけを少し上向けた。

「秘薬の使用順序は変えられないんだな？」

『変更できません、氷霜院リュウオウ様。』

「では、使用者の手元に物理的に秘薬が存在しない場合、処理はどうなる？　たとえば。」

リュウオウは義賊の秘薬の入った小瓶をつかみ、勢いよくテーブルを滑らせる。

まるで、バーカウンターをカクテルグラスが滑るように。

そのグラスは——ウマノスケの目の前で止まった。

「こんなふうに、俺の手元を離れた場合は？　俺はもう蓋をとることはできないが。」

『氷霜院リュウオウ様が蓋をとることはできませんので、使用権が譲渡されたと判断します。ただし、口頭での強制譲渡ではありませんので、現時点での使用権は依然として氷霜院リュウオウ様にございます。』

「俺は正しさを尊重する。橙。使っていいぞ。」

おれの胸に嫌な波が立った。

（何考えてるんだ、こいつ……！）

諦めじゃない。献身でもない。それは間違いない。

リュウオウの顔にはまだ、挑むような笑みが浮かんでいる。

「……！　ボクが……？」

「よく考えろ、ウマノスケ。」

カイコが目を細めた。笑みは引っこんでいた。

「手にとればお前は、『正しさを尊重する』という竜殿の意思をくむことになる。この先、同じシチュエーションを返されたときに、お前は同じように秘薬を竜殿に譲渡せざるをえなくなるぞ。」

「！」

「もちろん、お前が狼か共犯者ならそんな約束、自由に破れるだろう。あるいは私なら、そんな茶番には応じない。だがお前がとれば、それはお前を縛る鎖になる。」

おれは1戦目の昼のゲーム、ワイルドハントを思い出していた。

おれたちはそこで、ウマノスケの人柄、性格、考え方という情報を見聞きしている。そしてリュウオウはそれを利用する気だ。

「そう。お前は狼かもしれない。だからこれは賭けでもある。」

リュウオウはまっすぐにウマノスケを見据えた。

「だが俺の言葉に偽りはない。俺は正しさを尊重する。勝利への最速最短の道は、俺でないだれかが秘薬を使うこと。それも確かだ。なら、喜んで秘薬を渡そう。」

「とるな、ウマ。」

ムササビがおれの思考を言葉にした。

「後で脅される。」

「では返すか？　俺はそれでも構わない。もちろん、桔梗路や檸檬里に渡すのも自由だ。俺はお前たちの自由意思を尊重する。」

そこでウマノスケの目元がかすかにゆがんだ。

リュウオウが細工を弄してまで手に入れた義賊の秘薬を横取りすれば、後できっとやっかいなことになる。

「後回しにしなーい？」

マイマイのおっとりした声がすべりこんだ。

「先に占いの相手を決めてもいいんじゃないかな？　ウサギさんとムササビさんの占い先、マイマイさんたちが決める感じじゃなくなったんだよねー？」

「そうですね。そこについては、ボクも皆さんに任せます。」

「と言われても、材料はあんまりないんだよね。」

「自分も皆の意見を聞きたい。」

「今の秘薬の件があるから、正直、リュウオウくんはシロっぽく見えるんですよね。」

カラカルが頭の後ろで手を組んだ。

「でも、橙くんはシロの要素がないよね。なんとなく秘薬が渡っちゃってるけど。」

「自分もそこは疑いを持ってる。ウマをシロだと判断する根拠は、今の時点ではない。氷とウマが通じている可能性は否定できない。」

「……ちょっと深読みのしすぎな気がするけど。」

「そこがつながっているとやっかいだ。表面的には、竜殿の願いを軸にした対立関係にある2人だからな。」

「……リュウオウが義賊の秘薬を選んだのはシロっぽく感じる。」

おれはウマノスケの手元にある小瓶を見た。

「今、聖騎士の秘薬と義賊の秘薬をくらべたとき、狼陣営が嫌がるのは義賊の秘薬だと思う。実質、確定シロを1人出さざるをえなくなるんだから。」

「聖騎士も十分強力だと思いますけどね。」

「今回は魔女の秘薬で復活できる。今の時点だと優先度は低いかもしれない。」

「あ。ウサギさんとムササビさんが、お互いを占うのもアリだよね。」

「そうだな。我々はこの2人に占い師の秘薬を託しているが、その理由はこの2人が配合についてのプランを提示したからだ。今回の役職だと、狼陣営のために場を荒らす共犯者が潜んでいるようにも感じる。」

「でも、共犯者だったら義賊の秘薬、あんまり意味ないですよね。」

「意味はあるさ。少なくとも、占いの真偽ははっきりする。」

「ハヤトくんは新しいプラン出してくれましたよね。結果的にはリュウオウくんとかの狙いどおりって感じになってますけど、村人陣営を有利にしたって意味ではシロっぽいかなって思ってます、おれは。」

「そうだな。ハヤトも一応、シロらしくは見える。」

「気づいてて黙ってた人たちはクロって意味でいいですか、カイコさん。」

「かみついてきたな。」

「別にカイコさんだとは言ってませんけど。」

「そうだな。私は気づいていなかったから、シロだな。竜殿とライリュウはきっとクロだ。」

「この状況でふざけた冗談を言うな、桔梗路。」

「桔梗路君も気づいていて、あえて黙っていたはずです。クロの疑いはありますよ。」

「それは単に頭の回転の問題です。」

ウマノスケは冷静だった。

「作戦として黙っていただけなら、狼の根拠にはなりません。」

「らしいぞ、ハヤト。残念だったな?」

「今名前上がった人以外は、そんなに前に出てないよね。ライリュウさんはゲームが始まったときにおしゃべりだったし、今もリュウオウさんといっしょによく話してるけど、それ以外のときはあんまり前に出てない感じがする。」

「それは自分も感じた。ワイルドハントのときも、電はそうだった。印象というか、存在感が濃くなったり薄くなったりする。」

「必要のないときは口を閉じますし、様子を見るべきときは一歩下がります。特に、今回はオウさんがいっしょですから。2人いっぺんにしゃべりだすと、うるさいでしょう？」

「そんなに大きいか、俺の声は。」

「うるさいぞ。広い場所で過ごしすぎだ、お前たちは。」

「それは……反省の余地があるな。」

「話がそれてる。赤。戻してほしい。」

「ああ。……今、積極的に発言しているのがウサギとムササビ、リュウオウとウマノスケ、おれ、って状態だと思う。マイマイとカイコさん、カラカルとライリュウはちょっと守り気味かな。」

「今回のゲームは狼2人と共犯者1人。場を荒らすのが共犯者で、潜伏するのが狼という認識が一般的。」

「なら、消極的な動きをする４人から占い先を選ぶのがいい、ということになりそうだが、どうだろうか。」

「今回の自分たちの狙いは伯爵。その伯爵が潜伏を選んで順当に吊られるとは思えない。むしろ共犯者が潜伏して、狼が暴れ回るという展開のほうがありえそう。」

「話がループしているぞ、ムササビ。」

「無難だけど、目立つ人から1人、目立たない人から1人を選んで占ってもらうのがいいんじゃないかな。」

ウサギとムササビは短い言葉で、占い先についての意見を交換した。

おれたちも「占い先として強制しない」ことを条件に、それぞれが占い先として期待する相手の名前を告げた。

結果は――

『黒宮ウサギ様が使用したのは「占い師の秘薬」でした。結果を表示します。』

「紫電院くん、シロだよ。」

ウサギの手元では、蓋のはずれた小瓶から湯気が上がっている。

『檸檬里ムササビ様が使用したのは「占い師の秘薬」でした。結果を表示します。』

「ウマはシロ。」

ムササビの手元でも、同じく小瓶が湯気を上げる。

「どちらもシロか。」

(問題はここからだ……。)

「ジャッジ。俺の手番だが少し待て。」

リュウオウは宙に声を放り、ウマノスケを見た。

「橙。決断してもらおう。そのまま持ち続けるのなら、強制使用となる。気が乗らないのなら俺に戻してくれても構わない。」

やることは複雑じゃない。ウサギかムササビを選ぶだけだ。

ただ、ここで秘薬を受けとれば、ウマノスケは『正しさを尊重する』と宣言したリュウオウと約束を交わすようなことになる。

仮に、リュウオウが伯爵を討伐することが確定的な状況でも、それが『正しい』行動だと判断されたら、ウマノスケは秘薬を渡さざるをえなくなる。

単純な貸し借りの問題じゃない。良心とか、卑劣さとか、そういう話だ。

受けとったのがウサギなら、うまく理屈をこねて、同じシチュエーションになっても秘薬は渡さない、という釘を刺したはずだ。でも、道徳心の強いウマノスケはこの秘薬の譲渡を深刻な問題として受け止める。リュウオウはそこまで読んで秘薬を渡している。

「……使うのは。」

ウマノスケが深く息を吐いた。

「ボクです。」

『氷霜院リュウオウ様の秘薬は、橙ウマノスケ様が強制使用することとなりました。橙ウマノスケ様は参加者1名を選択してください。』

「選ぶのはウサギさんです。」

タブレットに指が置かれた。

『橙ウマノスケ様が使用したのは「義賊の秘薬」でした。黒宮ウサギ様が秘薬の結果を偽っていた場合、退場処分となります。』

「何もおそれることはありません。あなたが嘘をついていないのなら。」

ライリュウは目を細め、緊張するウサギを見る。

「裁きをおそれるのは悪人だけです。君が正しい側にいるのなら、堂々としていればいいんです。」

そのまま、10秒ほどの時間が流れた。

『黒宮ウサギ様の秘薬の結果は、偽られていませんでした。』

「じゃあ、ライリュウくんはシロなんですね。」

「共犯者かもしれないがな。そして、ウサギ自身のシロクロも不明だ。」

「ごめん、ムササビ。」

「謝らなくていい。ウマはウマがシロだって知ってるから、自分に義賊の秘薬を使う必要はなかった。それで合ってる。」

「では、吊る相手を決めよう。」

「お前以外にいると思うか？　竜殿。」

カイコはいやらしい笑みを浮かべていた。

「義賊の秘薬を配合したお前の立ち回り、シロだと信じるには不足だ。そして何より、個人的な願いを叶えようとしているお前は、我々にとって明確な障害物だ。」

「好き嫌いで吊る相手を決めるわけか。」

「話、聞いてなかったんですかね。あんたはまだシロクロついてないでしょ。」

「お前が冴えてるのは自分にもわかる。でも、人狼はそういうゲームじゃない。」

「言ったとおりだろう？　竜殿。徒党を組むのも力の内だよ。」

「いいだろう。」

（！　……あっさり引き下がるな。）

「気になるか？　赤村。」

俺の思考を読んだように、きゅっとリュウオウが首を向ける。

「断っておくが、不本意ではある。俺はどこぞの美丈夫と違って、命を危険にさらして遊ぶ趣味はない。が、桔梗路の言い分は間違っていない。陣営が不確かでありながら村人陣営に有利な手を打ち、それでいて全体の和をかき乱すことが事前情報で確定している俺はやっかい者だ。伯爵が身を隠すにはうってつけだろう。」

（いや……。）

そうとは限らない。

伯爵は、『身を隠すにはうってつけ』なんて考えで参加者を見ない。

あいつはきっと、本当にサイコロか何かで入れ替わる相手を決めている。

なぜならあいつ自身も、プレイヤーとしてこのゲームを楽しみたいから。

極限のスリルを楽しむために、入れ替わる参加者の選択は偶然にゆだねられている。

そんな気がした。

「幸い、このゲームには魔女の秘薬による復活がある。お前たちは霊媒師の秘薬で俺のシロクロを確かめた後、おそらく俺を呼び戻す。」

「たとえシロだったとしても、この流れで吊ったあなたを呼び戻すわけないでしょ。」

「それならそれで構わない。決めるのはお前たちだ。戻ったら戻ったで、俺は勝利に尽くすから安心していい。」

それに、とリュウオウは続けた。

「仮にお前たちが勝ったとしても、ゲームは終わらない。」

「！」

「始まる前に橙も言っていたが、もし伯爵を討ってゲームを終わらせてしまったら、この世の混乱がそのまま残ってしまう。お前たちはきっと時間の歪みの是正を願う。……だから、俺には次がある。最終的に大願成就できるのなら、過程で何度負けても問題はない。」

その瞬間、おれはリュウオウの輪郭をはっきりと見た気がした。

物理的な輪郭は今までも見ていたけど、おれは心の奥で、今まで人狼サバイバルで遭遇した強敵の影をリュウオウに重ねていた。でも翡翠色や珊瑚色の影は、今、完全にリュウオウを離れ、宙に溶けて消えた。

こいつは自分の敗北すら手段として使うことができる。

こいつの心には負けることへの怒りや悔しさ、プライドを傷つけられることへの恐怖や抵抗といったものが存在しない。

自分の願いが不正なものだと自覚しているからかもしれない。

最後に勝てるのなら、今、負けてもいい。

おれはたぶん、そういう考え方はできない。でも、そういう戦い方をするこいつへの対処は考えておかないといけない。

でないと、その『最後』のときに、きっとおれは負ける。

（！　……さっきの話って、まさか……。）

リュウオウがウマノスケに持ちかけた『取引』を、おれは今回のゲーム内限定の話だと思っていた。

でも、ウマノスケぐらいがんこな人間が相手なら、『次』のゲームで今回の話を持ち出しても、行動を制限したり、誘導することができるかもしれない。

いくつかのゲームで敗北することすら計算のうちなら、リュウオウはあるゲームでの出来事を、次のゲームの布石として考えている可能性がある。

そこに思い至った途端、おれは居ても立っても居られないような、強い焦燥感に襲われた。

（こいつ、いつからそんなことを……!?　まさか、前のゲームでも……。）

おれとウサギは過去に1度、リュウオウと『人狼サバイバル』に参加している。その時点でリュウオウは、「伯爵に複数回勝たなければ世の中は元に戻らない」ことを承知していた可能性がある。

前回のゲームですでに、『次のゲーム』の布石として何かの手を打たれていたら。

気づかないうちに先入観を植えつけられたり、言動のパターンを把握されていたり、ウマノスケみたいに行動を縛る取引に応じてしまっていたら。

(あったか……!?　そんなこと……?)

思い出したい。でも、集中しないと思い出せない。そして今、そんなことに集中している場合じゃない。

外に出ているときに家の施錠をしたかどうか思い出すような、もどかしい気分になった。

後だ。後にするしかない。今はこのゲームに集中しないといけない。

でも、目の前のことばかりにとらわれていたら——

「次があるなんて考えてるヤツに、次はないもんですよ。」

「逆だ、苺屋。今この瞬間しか見ず、感じないものは、いずれ壁か崖に行き当たる。現にお前たちがそうだろう。先のビジョンを立てず、伯爵との一戦一戦に注力してきたせいで、思いがけないハードルを作られてしまった。」

その場のほとんど全員が顔色を変えた。

おれは考えていたことを言い当てられたような気分になり、寒気を覚える。

「侮辱するつもりはないが、その戦い方は間違っている。」

「だから方針を定めていたところだ、竜殿。ゲームが始まる前にな。」

「そうだったのか。……ああ、だからお前たちはいっしょにいたのか。」

『投票時間を開始します。』

クラシック音楽が流れはじめた。

脈打つような、寒さに身震いするようなヴァイオリンの調べ。

ヴィヴァルディの『冬』だ。

おれたちは貸与タブレットに手を伸ばした。

『投票結果を発表します。氷霜院リュウオウ様、9票。最多得票者は氷霜院リュウオウ様です。』

「何か言い残すことはありますか。」

「いつでも呼んでくれていい。俺の使いどころを見誤るなよ。」

『最多得票者の氷霜院リュウオウ様にはご退場いただきます。』

リュウオウの長い手足が、胴体が、植物の生育を逆再生するみたいに縮んでいく。

「っ？」

肌は急速に潤いを失い、脂の削げ落ちた指から、爪がぽろりと落ちた。

老人みたいな両手を見るリュウオウが、８歳児の大きさになって、３歳児の大きさになって、赤ん坊の大きさになって、意識を失い、さらにしぼんでいく。

ほんの十数秒の出来事だった。

椅子の上には、マンドラゴラに似た植物が残された。

閉じられた目と口は根茎のくぼみと見分けがつかず、つやを残した髪は、茂る葉っぱのようにも見えた。

『投票時間終了です。これより夜時間となりますので、個人ロッジで待機してください。』

なお、とジャッジは続ける。

『ご存じのとおり、個人ロッジはセントラルロッジから近いですが、夜道にはお気をつけて。入り口にランタンをご用意しましたので、こちらもご利用ください。』
今回のゲーム進行も、昼のときと同じで現実時間と連動しないらしい。
おれたちは言葉少なにセントラルロッジを離れ、個人ロッジに戻った。

ロッジの中も昼と同じだ。竹製の武器、着替え、それに壁面の通信端末。
冷蔵庫の中身は、昼間に食べたものが減っていた。
（……やっぱり……。）
おれはベッドに座りこみ、考える。

今夜おれが襲撃されたら、たぶん復活することはない。
でも、狼陣営はシロともクロとも見える人間を退場させたりはしない。
おれの予想は的中した。
襲撃で消されたのは、橙ウマノスケ。

5 中心的役割を担ったことのない者は伯爵ではない。

個人ロッジからセントラルロッジへは、歩いてせいぜい1分、どんなに遠くても3分ほどの距離だ。

ランタンで足元を照らさないと、前後どころか上下すらわからなくなりそうな闇の中を、おれは無言で歩く。

肌を刺す冷気が気にならないほどに、おれは緊張していた。

伯爵のゲーム中、狼以外の存在に命を脅かされることはない。なのに、何かから逃げるような気分で闇を進む。

セントラルロッジの入り口にたどり着き、ほっとした瞬間。

「ハヤトくん。」

闇から声がかけられ、心臓が口から飛び出しそうになる。

そいつは名前を呼ばれるより早く、闇から姿を現した。

「それ……何ですか。」

険しい表情の苺屋カラカルは、おれの抱くミニバッグを指さした。

「何でもないよ。」

スライダーを走らせ、中を見せる。

カイロやタオル、タンブラーが入っているだけだ。

カラカルの顔にはまだ疑いの表情が残っている。

「他のみんなにも同じことするのか？」

「いや……さすがにそれはね。外、寒いですし。」

「…………」

おれが軽く肩をたたくと、カラカルはおとなしくセントラルロッジに入った。


「おかしいなあ。」

湯飲みを前にしたカイコが、わざとらしく小首をかしげる。

「ウサギの占いの真実性が保証された以上、シロの可能性が高いのはライリュウだ。だが襲撃で消されたのはウマノスケ。これはどういうことだろうな？」

「ミスリードでしょうね。」

ライリュウもティーカップを前に、にっこりと微笑んでいる。

場所はセントラルロッジの食堂だ。２人の距離は議論時間よりずっと近い。

「橙君が消されてしまったせいで、ボクが共犯者のように見えます。もし皆さんがボクを吊ってしまったら、まさに狼陣営と伯爵の狙いどおりの展開です。」

「そう思わせて、」

「まだ議論時間じゃないよー。」

お菓子の皿を手にしたマイマイが、カイコとライリュウの口にマシュマロを押しこむ。

さすがに血の気が多すぎると思ったのか、咀嚼を終えた２人はお茶に口をつけた。

（あいつは落ち着いてるな……。）

おれの視線に気づいたのか、隅のほうにいたムササビがこちらを見る。

「魔女の秘薬で戻せる。襲撃されたウマはほぼシロ。」

「……考えてることまで読まないでくれ。」

ほんの少しだけ得意げな表情を残し、ムササビはトイレに向かった。

ウサギは黙々と落雁を食べていた。

その視線の先には言い合いをしていたカイコとライリュウじゃなく、カラカルがいる。

（……まさか、な。）

おれは談話室の隅に置いたミニバッグに一瞬視線を向けて、それから思考を巡らせる。


『遊戯時間を開始します。』

再び2階に集まったおれたちは席についた。

カイコは椅子に置いていた膝かけみたいなものを手にとり、おっくうそうに腰を下ろしている。

テーブルの上は手狭だけど、今回のゲームは遊戯時間も議論時間も話しっぱなしだ。飲み物の入ったボトルやタンブラーを持ちこんでいる参加者も少なくない。

おれもそば茶を入れたタンブラーをテーブルに置いている。

ウマノスケの椅子には、干からびたマンドラゴラが置かれている。

リュウオウと形の違うそれは、髪に当たる部分が総髪を思わせる形で、皺の入った根茎にも、どこかりりしさの名残があった。

『これよりワルプルギスの夜を開始します。鞄の薬草は補充しておりますので、先ほどと同じ流れでゲームを進めてください。』

鞄の中には確かに6種類6本の薬草が収められている。前回と違って、お試し用に余分な1本が入っていたりはしない。

「生き残りは7人。敵が全員生きている場合、1手間違えただけで終わりだな。」

「まずは、配合する秘薬を決めましょう。」

「カラカル。どうしたい？」

「え、おれですか？　……うー……霊媒師、魔女、占い師って感じですかね。」

「霊媒師で竜殿のシロクロを確かめ、クロならそれでよし、シロなら魔女で呼び戻す、か？」

「まー、呼び戻すのはウマノスケくんですけど。シロでもあの人嫌ですし。で、今日の投票用に占い師ですね。義賊は使えませんけど、呼び戻したウマノスケくんかリュウオウくんがシロ確定なら任せていいんじゃないですか。」

「ちょっと無難すぎる気がするけど、それ。」

「同意する。ひねりがない。」

「つまらん男だ。」

「ひねっても意味ないってさっき話しましたよね？　なんでそんな責めるんですか！」

「ライリュウはどう思う？」

「オウさんを呼び戻す必要はないでしょう。橙君のほうが手っとり早いです。共犯者の疑いがあるとはいえ、確実にシロなんですから。」

「意外と薄情なんだな。仲良さそうなのに。」

「このゲームの場合、仲の良し悪しは関係ないでしょう。シロクロがはっきりしないオウさんと、襲撃によってシロが確定した橙君なら、後者のほうが迷いなく呼び戻せます。霊媒師の秘薬を配合して使う手間も減り、一石二鳥です。」

「……それ、読まれてそうだけどね。」

「そうですね。復活はこのゲームにおいて非常に強力です。逆手にとった場合のメリットも同じく強力でしょう。ですから、今のは苺屋君の案への対案だと思ってください。」

「電の本命は？」

「占い師、占い師、占い師または義賊です。」

「すごく攻撃的だな……。」

「ええ。襲撃で村人陣営が減るのは仕方ありませんが、投票で村人陣営を吊る事態は極力避けるべきでしょう。オウさんは大局観を大事にするよう話していましたが、人狼の場合は別だと思います。とにかく、投票で確実に狼陣営を吊ること。これが勝利への近道かと。」

　リュウオウがいなくなったせいか、ライリュウの声は確かに少し大きい。

「ボクが占い師の秘薬を使う場合、たとえば赤村君と苺屋君の素性がはっきりします。クロがいれば吊りますし、どちらもシロだったとしても、桔梗路君、淡雪君、黒宮君、檸檬里君までクロを絞りこめます。そこでさらに占えば、より精度が増すでしょう。ボクが疑わしいというのなら、義賊を使ってくれても構いません。その分、占いの回数は減りますが。」

「まー、ライリュウくんが使うかどうかは別の話ですけどね。」

「ウサギは？」

「私は魔女、魔女、占い師かな。」

「自分も。」

「復活、復活、占い……ってことか？」

「うん。今の時点で消えた2人はシロの可能性が高いから、無条件で呼び戻しても邪魔にはならないと思ってる。」

一瞬、おれの心を暗い影がよぎった。

「わかってるよ、ハヤト。言いたいことは。」

「うん。それでもやるってことだよな。」

なら、何も言う必要はない。ウサギが考えて口にしていることなんだから。

「数の有利を保つという意味では、電と同じ発想。ただ、もっと確実性を重視した。」

「陣営の有利を作るために、母数を増やす……というか、初期の9人にできるだけ近づける、ということですね。」

「占いの結果が積み重なっていくから、徐々に有利にはなるはず。」

「わかります。それも考え方の一つでしょう。」

「守りに徹する感じですかね。えーと、会長は？」

「霊媒師、魔女、義賊。」

「おれとほぼ同じじゃないですか!?　さっきあんた何て言ったよ！」

「さあ？　覚えてないな。マイマイはどうだ。」

「うーん……聖騎士、聖騎士、聖騎士とかかな。」

「は？」

「今7人だよね？　退場した2人もシロっぽいよね？　だったらそういうのもアリかなって。」

「投票退場で1人減っても、それ以上の襲撃は許さない、か。」

「数字の話になっちゃうけど、今日吊る人は、昨日のリュウオウさんよりクロの確率が高いよね？　霊媒師を使うなら、明日のタイミングがいいかなって。」

「奇手すぎる。」

「だが、検討には値する。」

それからしばらく、沈黙が続いた。

――みんな、おれの意見を待っているみたいだ。

「……魔女2つは危ない気がする。どっちも敵に渡ったら、村人が2人消されて3対2の5人になる。投票が力ずくで押し切られて終わりだ。」

「魔女1なら裏切りに遭ってもぎりぎりとり返しはつくな。それでも3対3だから、投票で村人と狼陣営のだれかがダブル退場だ。共犯者を吊ってしまったら、その時点でゲームエンドだろう。」

「それを踏まえて、赤はどうする？」

「占い師、義賊、魔女……かな。」

占い師に義賊の秘薬を使って、確実なシロクロを把握する。

魔女の秘薬をシロに持たせて、ウマノスケを呼び戻す。

「もしくは、占い師、義賊、聖騎士でもいいかも。」

マイマイの考え方にも一理ある。

魔女の秘薬は、復活と退場という両極端の能力があるからやっかいだ。

でも聖騎士なら、敵に渡ったところで即退場者が出るわけじゃない。最悪の状況で事態が進行しても、7人のまま投票時間を迎えて、1人が吊られ、襲撃で1人が消えるだけ。数的には不利だけど、ワルプルギスの夜で巻き返すことはできる。

「意見は出そろったな。」

「問題はこの後ですね……。」

「？　多数決で決めるんじゃないんですか？　どの秘薬を作るか、昨日みたいに。」

「最大で7人中3人が敵の状態だ。多数決が最善とは限らない。」

「あ……そっか。あっちにとって都合いいほうに票を動かせますもんね。」

幸か不幸か、希望する秘薬の種類は7人でかなりバラバラだ。

極端に狼陣営を有利にする組み合わせはない、と思いたい。

「かといって、全員が好き勝手に動いたら、配合そのものが失敗したり、猛毒薬ができかねない。ある程度意見をすり合わせることは必要。」

「そうだな。考え方としては、『裏切りを覚悟のうえでだれかを復活させるか否か』『霊媒を行うか否か』『占いを行うか否か』『義賊の秘薬で結果の保証を得るか否か』『聖騎士の秘薬による守護を行うか否か』といった感じか。」

「ほぼ全部じゃん……。」

沈黙が流れた。

「赤村君の提案で気づきましたが、確かに魔女の秘薬は危険です。裏切られたらあっという間に詰みの盤面に持ちこまれてしまう。」

一方で、とライリュウはあごをなでる。

「義賊の秘薬はリスクが小さい。なにせ、嘘を封じるというものですから。これを軸に動いたほうが安全ではあります。」

「だが、義賊の秘薬は占い師または霊媒師の秘薬とセットでなければ意味をなさない。占い師の秘薬を託せる相手については、まだ、」

「ボクがいます。」

ライリュウが胸に手を当てる。

「ボクがシロであることは、昨日の黒宮君の占いと、義賊の秘薬で保証されています。橙君を復活させる必要も、オウさんのシロクロを確認する必要もありません。」

「でも、お前はなぜか襲撃されてない。」

「うん。占った私が言うのも変だけど、橙くんじゃなくて紫電院くんが残ってるのは違和感があるよ。」

「さっき説明したとおりです。こうして猜疑心を呼び起こすことが狼陣営の狙いです。ボクが共犯者だからわざと残すのなら、襲撃で消す相手は、橙君ではなく別のだれかにするのが合理的でしょう。そうすればこんなふうに余計な疑いをかけられずにすみます。」

「でもそれやっちゃうと、狼の可能性のある人が減るってことなんですよね。狼陣営にとっては疑われる相手が多いほうがいいわけだから、すでにシロっぽく見えてるウマノスケくんを消すのは自然だと思いますけどね。」

「それにライリュウさん、あんまり全体の軸になったら襲撃されちゃうよ?」

「そのときは呼び戻してください。」

「今と同じ状況になっちゃうよ？」

「ですが、シロであるボクが占いを立て続けに行えば、クロの候補は絞りこめます。同時に、信頼できる相手も増えるということです。今よりはずっと状況が良いはず。」

ライリュウの声は、さっきまでより明るく、強く聞こえた。

「さっきも言いましたが、共犯者の疑いがあるのなら、義賊の秘薬を使ってください。占い1回分のロスが生じますけど、それでボクの占い結果は信頼できるはずです。」

そこでおれたちは会話を切った。

確かにいい作戦のように感じるからだ。

でも、うのみにして騙されたら目も当てられない。だからこそ、このプランに穴がないか、みんな頭をひねって考えている。

「……本当にライリュウを軸にするなら、占い師の秘薬を3回使ったり、義賊の秘薬で結果を保証してもらうより、魔女の秘薬でだれかを呼び戻してもらうほうがいい気がする。」

おれたちが危惧しなければいけないのは、ライリュウが共犯者である可能性だ。

最終的にライリュウを占うと決めたのはウサギだけど、そこに至るまでにおれたちは議論を重ねて、目立つ者から1人、目立たない者から1人、というふうに選択肢を狭め、そのうえでムササビとウサギが意見交換して、対象に選ばれている。

ウサギが狼陣営だったとして、意図的にライリュウを選べるシチュエーションだった、とは言いづらい。

ウサギの意図が介在しない場合、ウサギがピンポイントで共犯者を占う確率は8分の1だ。パーセンテージに変換すると、せいぜい12％ぐらい。

「じゃあ、逆に言えば、88％の確率でライリュウくんは村人、ってことですね。」

「違うぞ、カラカル。その88％という数字は、『ウサギの占い先が偶然共犯者にならない確率』だ。」

「桔梗路君。解説が必要ですか？」

「必要ない。数字に振り回されはじめると、それこそ伯爵の思うつぼだ。」

「確率論はともかく、電の結果がシロであることは間違いない。自分の占いと違って、それは確定事項。100％の保証を求めて義賊の秘薬を使うより、復活を任せたほうがうまく行くという赤の考えも理解できる。」

「聖騎士でもいいよね。紫電院くんの襲撃退場を防げるし。」

「うん。それでもいい。」

ライリュウ、とおれは声と顔を向ける。

「もし魔女の秘薬を託したら、ウマノスケを戻すんだよな？」

「ええ。狼が共犯者を襲撃するとは思えませんし、オウさんはまだ臭みがあります。」

「なんか復活させてくれーみたいなアピールしてましたもんね。」

「あれは自分を復活させろというアピールじゃない。復活を戦術に組みこむ者がいるかもしれないぞ、という警告だ。」

「え、そうなんですか？」

「おそらくな。」

そういう含意があることはおれとウサギも察している。経験があるからだ。

ただ、『必要なら呼び戻してほしい』という言葉に嘘はない気がする。

「でも、実際問題として氷は不穏。自主参加してるし。」

「いざってときに変な動きするかもしれませんよね。実際、やられましたし。」

「話、まとまりそうな感じー？」

「ライリュウを軸にして、占い師、占い師、魔女または聖騎士、かな。」

占い師に必要なのはヘビイチゴ。聖騎士はイラクサだ。

手順は昨日と同じだ。1人を除いた全員が使用を希望して、その1人が使用者を投票で指定する。使用を希望した時点で手持ちの薬草が開示されるので、抜け駆けや裏切りは許されない。

「ざっと分担も決めときますか。えっと……。」

1回目の分担は、おれとウサギ、ムササビがヘビイチゴ、マイマイがローズマリー、カラカルがジギタリス、カイコがニガヨモギ、ライリュウがマンドラゴラ。

「指名する役、だれにします？　使うのはライリュウくんでいいかもしれませんけど。」

「おれがやる。」

「じゃあ、赤で。」

アタッシュケースに似た鞄が参加者の膝の上で開かれる。

テーブルがあまり大きくないので参加者同士の距離は近い。けど、隣の参加者の手元をのぞきこむようなヤツはいない。どんな正当性があっても、それは疑いを向けられる行為だからだ。

麻袋に入った薬草が、次々に大釜へ放りこまれる。

大釜の液体は喜ぶように沸き立った。まるで、獲物をのみこんだ怪物の胃袋だ。

『秘薬が配合されました。使用を希望する参加者は挙手してください。』

おれ以外の全員が手を挙げる。

『希望者は薬草を開示してください。また、使用を希望しない参加者は、1人をお選びください。』

他の参加者が見せている鞄の中からは、指定した薬草だけが消えている。

おれはそれを確認し、タブレットでライリュウを選ぶ。

『紫電院ライリュウ様が使用者となりました。小瓶に秘薬を移してください。』

ライリュウの手つきもよどみない。一滴もこぼさず、秘薬は小瓶に移された。

『2回目です。薬草を投入してください。』

2回目の内訳は、おれがマンドラゴラ、ウサギがニガヨモギ、ムササビがローズマ

リー、マイマイ、カラカル、カイコ、ライリュウがヘビイチゴ――
――の、はずだった。

「はい？」

困惑といらだちを含んだカラカルの声が、棘を含んだ。

「会長、今なんて？」

「私はジギタリスにする、と言ったんだ。」

カイコは濁ったように見える目をライリュウに向ける。

「気が変わった。」

6 前回入れ替わられた者は伯爵ではない。

「えー……と。つまり今夜、吊られたいってことですかね。」

「ボクにもそう聞こえますね。」

ライリュウは相変わらずにこにこしているけど、あたりの空気が警察の取調室みたいに硬くなった。

「確定シロのボクを中心に、占い師で絞りこみを行い、聖騎士または魔女の秘薬を使って状況有利を作る、という方針にすると決まったはずですが。」

「それはいつまで続く？」

頬杖をついたカイコの言葉に、ライリュウは即答しなかった。

「お前が伯爵を討つまでだ。今日その流れを作ると、明日もその流れは続く。」

カイコの口元にいやらしい笑みが浮かぶ。

「私がお前の立場なら、あいつもシロ、こいつもシロと言い続けて、最終的に魔女の秘薬を使い、だれかを呼び戻すフリをして伯爵を討つ。」

「！」

「なので、お前に渡す占い師の秘薬は1本でいい。……私に賛同する者はジギタリスを入れろ。数が少ないと義賊になるぞ。」

「オウさんのときと同じですか。好き嫌いで味方を選別して、それで伯爵に勝てると？」

「思わない。確信はないよ。」

「なら。」

「だが、三つ巴というのも具合が悪い。」

「…………」

「我々、伯爵を含む狼と共犯者、そしてお前と竜殿。このゲームはさまざまな思惑が入り乱れている。それを伯爵はスリルと呼ぶのだろうが、私にとっては不快な濁りだ。勝ちを狙いに行くのなら、当然、弱い者から消していく。」

大釜の湯気が、怯えるように揺れた。

「今この場における弱者はお前だ、ライリュウ。」

ああ、とおれはワイルドハントのことを思い出していた。

正確には、ワイルドハントの途中での、リュウオウとカイコのやりとりだ。

派閥を嫌うリュウオウと、それも実力だと話すカイコ。

「ハヤト、ウサギ。お前たちも『我々』の側だろう？」

カイコの瞳がおれとウサギを捉える。

「思い切りの悪い竜殿の願いも、思い切りの良すぎるライリュウの願いも、叶えさせるわけにはいかない。よってこの2人を早々に排除するのは間違っていない。そうだろう？」

（リュウオウの願い、思い切りが悪いかな……？）

別のところが気になったのでおれは反応しなかったけど、カイコは気にしていない。

「私に追従する者はジギタリスを入れなさい。ライリュウにつくのなら入れなくても構わない。」

ライリュウは苦々しい表情を浮かべている。

カイコに反論するためには自分の願いを引き合いに出さざるをえず、そうなると形勢不利だ。形こそ違えど、ライリュウの願いは『人の命を軽んじている』という1点だけで、リュウオウの願いと同じぐらい生理的な嫌悪感を呼ぶ。

「私につけば、あとは伯爵を討つだけだ。ウマノスケを呼び戻し、ともに勝利をつかもうじゃないか。」

こういうことか、とおれは肌で感じた。

派閥を作るということ。

小学校でも中学校でも、似たような『グループ』の存在がなかったわけじゃない。でもそれは境界線があいまいなものだし、考え方や立場の違いじゃなく、単に共通点や気の合う合わないぐらい、場合によっては席が近い遠いぐらいの理由で生まれる集団だ。お互いを敵視したり、排除することはない。

カイコのこれは違う。

ライリュウを排斥しつつ、「こうなりたくない」と思わせることで、仲間の結束を促して、連帯感を与えようとしている。

「これが桔梗路のやり方ですよ、赤村君。黒宮君。」

「民主主義だよ、ライリュウ。少数派に発言権はない。」

タイミングも絶妙だ。発言力と、それ以上に気の強いウマノスケとリュウオウがいなくなってから動き出している。

「確認しておくけど、桔梗路会長。」

ムササビの声は普段どおりだった。

「電を吊るつもりではない？」

「それはもちろんだ。シロだからな。」

「なら、いい。」

ムササビの目には反抗心みたいなものがあった。たぶん、カイコがライリュウの直接的な排除にまで言及したら、吊りを提案したんだろう。

カラカルもどこか探るような目をしているし、マイマイは眠たげな表情のままなので何を考えているかわからない。

（……真に受けてる感じじゃないんだな、みんな。）

陽光館のメンバーは、カイコの鶴の一声で全員が回れ右をするような集団じゃないらしい。

ただ、流れは確実にカイコに傾きつつある。秘薬をライリュウに渡し続けるとどうなるかについては、確かにこの人の言い分が正しく思えるからだ。

おれたちは薬草を麻袋に入れた。

音でわかる。みんな慎重になっている。

鍋は次々に参加者の意思をのみこみ、げっぷみたいに湯気を吐く。

『秘薬が配合されました。使用者を決定してください。』

「……使いたい人は手を挙げてくれ。」

ライリュウが真っ先に手を挙げた。それに続いたのはおれとマイマイ、カラカルで、それ以外の全員が手を挙げない。

(みんなカイコについたのか……？　いや……。)

「マイマイさんはジギタリス入れてないよ。」

鞄を開きながらそう告げたマイマイは、確かにジギタリスを残していた。

代わりに使われていたのはマンドラゴラだ。

「ハヤトさん、会長さんにつくかなーって。」

「いや……おれはそこまで思い切れなかったけど。」

確かに、おれがカイコについたらマンドラゴラを投じる役がいなくなる。でも、そのつもりならおれは事前に申告すべきだし、さすがにそれはわかる。

カラカルはヘビイチゴを入れていた。

使用に名乗り出ていないのは３人。ウサギ、ムササビ、カイコだ。

（３人……。）

嫌な予感が頭をかすめる。

カイコの話は単なる方便で、狼と共犯者がいっせいに同じ行動をとった、と考えるほうが正しいのかもしれない。ライリュウに占い師の秘薬を使われたときに困るのは、そもそも狼陣営なのだから。

敵が全員生存しているのなら、数はちょうど合う。

「……お望みの秘薬かもしれませんよ。使わないんですか、桔梗路君。」

「私が使う道理はないだろう。シロではないんだから。お前が使え。」

「使わせていいんですか、会長。わざわざ別の秘薬配合させたのに。」

「重要なのはこいつに情報を独占させないことだからな。シロでもクロでもない私が秘薬の使用権までとってしまったら、さすがに吊られても文句は言えない。」

嫌な動き方だ。

確かに秘薬の使用権まで奪っていたら、おれはこの人を吊るつもりだった。他のメンバーもたぶん同じはずだ。

「あなたを退場させるかもしれませんよ。」

「そうすればいい。止めはしない。」

使用者を決める投票で選ばれたのは、ライリュウだった。

(違う、のか……?)

もし、ウサギ、ムササビ、カイコの3人が狼と共犯者なら、ライリュウに魔女の秘薬を渡したくはないはずだ。今の状況なら、ライリュウがカイコを消す可能性は低くない。

なのに、今の投票で使用者がライリュウに決まった。なら、少なくとも2人はライリュウに投票している。

小瓶に秘薬を注ぐライリュウの顔には、それまでにない緊張があった。

たぶん、おれと同じことを考えている。

『3回目の配合を行います。参加者の皆様は薬草を入れてください。』

「聖騎士の予定だったんですけど、どうするんです？　会長。」

「その前に、真意を聞かせてください、黒宮君、檸檬里君。」

「カイコちゃんが言ってたとおりだよ。」

「自分も同じ。」

ウサギもムササビも用心深い性格だ。このタイミングでカイコにつくのは不自然なことじゃない。

ほの暗さを帯びた2人の表情は、おれたちを追い落とそうとしている狼陣営にも、ライリュウの願いを妨げようとしている村人陣営にも見える。

(わからない……だれが敵だ……？)

行動方針の違う狼陣営と村人陣営の動きが重なって見える。

この3人の中に敵がいるようにも見えるし、いないようにも見える。

「3回目は聖騎士の秘薬にしようか。予定どおりな。」

（…………）

おれがカイコなら、ライリュウをあえて護らず、襲撃で消してもらう。シロの可能性が高いライリュウは、聖騎士の守護がなければ今夜の襲撃で消されるだろう。それをカイコは狙っている。

もちろん、ウマノスケが消された今、ライリュウは生き残る可能性もある。ライリュウが本当にシロなのに、共犯者らしく見せられているんじゃないか、という説が正しければだ。

「カラカルはマンドラゴラを。他は全員イラクサ。」

『秘薬が配合されました。』

おれは少し迷った。

ここで手を挙げれば、手持ちの薬草開示と同時に秘薬の使用権を得る。

でもそれは同時に、秘薬の使用権者を決める投票権の喪失を意味する。

（ややこしくなってきたな……。）

使う意思は示せるけど、実際に使えるかを決めるのは自分以外のメンバーだ。

「使います。」

「おれも。」

「おれもです。」

「会長さん？　挙げないの？」

マイマイは手を挙げながら問うた。

「今、そっちの3人がマンドラゴラを入れてたら、猛毒薬ができてるよね？　3人とも手を挙げないっていうのは、そういうこと？」

「そんなことはないさ。」

カイコが手を挙げ、鞄を開いた。

中からは確かにイラクサが消えている。ジギタリスも、だけど。

おれ、マイマイ、カラカル、ライリュウの手持ちから減ったのも、事前に話したとおりの薬草だ。

「イラクサが4本入っている。猛毒薬はできない。」

『使用希望者が複数です。それ以外の参加者で使用者を決定してください。』

「黒。だれにする。」

「……ハヤトかな。」

（！　ライリュウじゃなくて……？）

「赤はシロじゃない。」

「うん。だからお願いするの。」

おれに向けられたウサギの目は、威圧するような迫力を帯びた。

「使い方は任せるよ。紫電院くんに使用権を渡してもいいし、自分で使ってもいいよ。」

（試されてるのか……。）

おれは秘薬を小瓶に移しながら、そう考えた。

でも、それが真意とは限らない。ウサギの陣営はおれにもはっきりしないんだから。

小瓶に蓋をして、テーブルに置く。

『ワルプルギスの夜を終了します。5分ほどの休憩をはさみ、議論時間に移ります。』

ひとつ前の遊戯時間が終わったときよりも長く、参加者は鞄を開き、じっと何かを考えこんでいた。

『引き続き、議論時間を開始します。』

数分の休憩をはさんで、ジャッジはそう告げた。

『秘薬をご使用ください。もしくは、他の参加者に使用を強制してもらっても構いません。順番は紫電院ライリュウ様、紫電院ライリュウ様、赤村ハヤト様です。』

「赤村君を選びます。」

ジャッジのアナウンスが終わるか終わらないかのうちに、ライリュウが宣言した。

「選ぶのは赤村君です。」

繰り返さなければならないほど焦っていたのかもしれない。

震える指ではずされた瓶の蓋がテーブルを転がり、床を打った。

『使用されたのは「占い師の秘薬」でした。選ばれたのは赤村ハヤト様です。』

タブレット端末を手にしたまま、ライリュウが唾をのんだ。

『結果を表示いたします。』

「っシロ！　シロです！」

ライリュウの大きな声がセントラルロッジ全体に響くようだった。

おれ自身にとってはわかりきったことなので、驚きはない。

ただこれで、自分の身を護る必要が出てきた。聖騎士の秘薬を使わなければ、おれは襲撃されて消される。

『続いて、２回目に配合された秘薬を使用していただきます。』

「………………」

『該当者は紫電院ライリュウ様です。』

「……赤村君。ボクはどうすべきだと思いますか。」

ライリュウの目はカイコに向いている。

魔女の秘薬でカイコを消したい、ということだろう。

「カイコさんが狼なら魔女の秘薬を渡すわけがない。」

全体の方針を狂わせたカイコは確かに怪しい。でも、特殊な願いを掲げたライリュウにだれかが反対することは不自然じゃない。それに賛同者がいることも。

「それを承知で渡してきているかもしれません。」

「わかってる……。そういう可能性もある。」

「確率的にはあんまり高くないでしょ。ムササビくんもウサギくんも素性がはっきりしてないし、マイマイくんもおれも、ライリュウくん視点だと全然狼の可能性あります。」

「わかっています。」

「失敗したらよくない局面だから、聖騎士の秘薬にしようね、っていう話だったよね。」

「ええ、そうです……。」

カイコは、笑っていた。

腐敗した果実が割れるようにゆるりと開かれた口元から、濡れた舌がのぞいている。

「いい顔だ。」

おれはカイコから視線を引きはがした。

「退場者を戻したほうがいい、ライリュウ。」

ウマノスケか、リュウオウ。

その二択を迫られたとき、おれは察した。

（こういうことか……。）

遅かれ早かれ、ライリュウの『願い』にかこつけて、カイコがこの場を支配する。口達者で、計算高く、しかも、周囲を積極的に巻きこんで行動できるカイコが。

もし彼女が狼陣営だったら、そのまま押し切られて村人陣営が敗北する。

現に今、表立ってカイコに逆らおうとする参加者はいない。

それは不自然な言動が少ないせいでもあるけど、下手に敵対するとライリュウの願いを持ち出されて、「こいつに味方するのか」という論法で、『我々』という枠組みから弾き出される危険性があるからだ。

この流れを止められそうなのは1人だ。

（こうなることまで読んでたのか……？）

ライリュウがタブレットを操作した。

椅子の上に、土産物みたいに鎮座するマンドラゴラが、かすかに動いた。

それはどっくんどっくんとリズミカルに跳ね、びたびたと動き、根茎が盛り上がる。

縮こまっていたタコが手足を伸ばすようにして、マンドラゴラが等身大のシルエットをとり戻す。

表皮が水気を帯び、皺が伸び、張りをとり戻す。

目が開き、鼻が開き、口が開き、歯がのぞく。

胴と手足を伸び切らせたそいつは、椅子に座ったまま軽く肩を回し、周囲を見た。

「意外と早いな。」

氷霜院リュウオウは不敵な笑みを浮かべる。

「俺の登場だ。」

7 自主参加している者は伯爵ではない。

『使用されたのは「聖騎士の秘薬」でした。使用者である赤村ハヤト様と、赤村ハヤト様が選んだ参加者は、次の夜時間に襲撃から護られます。』

おれがタブレットから指を離すと、ジャッジはそう宣言した。

『議論を続けてください。』

おれたちは交代でリュウオウに情報を伝えた。

その間、参加者は鞄を閉じて床に置いたり、飲み物やお菓子に手をつけている。

「追従した2人に話を聞きたい。」

情報共有を終えたリュウオウが、ウサギとムササビに目をやった。

「君たちは桔梗路への賛同を隠れ蓑にした狼の可能性がある、と言われたら何と返す？」

「説明できることはほとんどないです。私は紫電院くんの願いに反対だし、カイコちゃんの言うとおり、紫電院くんが独走状態になるのは嫌だったから。」

「自分も同じ。」

「理解した。まあ、気持ちはわかる。確定シロが占い師を独占して、こっそり魔女の秘薬で伯爵を討つ、というのはわかりやすく強力だ。」

「ですが、伯爵の討伐が最優先のはずです。確定シロのボクをないがしろにしてまで、という思いはあります。」

「それでも、パワーバランスは考える。お前や氷に力が集中しすぎそうなら、多少村人陣営を不利にしても、天秤の傾きを調整する。」

「今回は復活ルールあるから、それが理屈として通じるよねー。」

「自分はむしろ赤、苺、雪に聞きたい。」

ムササビは食べ終えただんごの串を布で包み、どこかにしまった。

「なんでこっちにつかなかった?」

「おれは踏ん切りがつかなかった。」

「いさぎよいな。言ってることは優柔不断だが。」

「事前に匂わせてたらともかく、急に言い出されたら混乱します。そもそも、義賊の秘薬でシロが保証されてるライリュウを、その場ですぐに裏切れっていうのが無茶だ。」

「そーなんすよね。会長がシロ出てるなら話はわかりますけど。」

「檸檬里。どう考える？」

「納得はする。自分も桔梗路会長がシロだと確信してるわけじゃない。バランスをとるためにこっちについた部分が大きい。」

「強者につくことを『バランスをとるため』ですか。」

「あの状況だと、確定シロで舌の回るお前も十分強者だった。もしウマが残ってて桔梗路会長についてたら、自分は中立か、お前についた。」

「それも奇矯な振る舞いだと思いますが。」

「一応聞くんですけど、今夜はだれを吊るんです？」

カラカルの一言で、弛緩しかけた場に緊張が戻ってくる。

「今日って、ハヤトくんのシロが確定して、リュウオウくんが戻ってきただけですよね。情報量があんまり増えてないと思いますけど、候補っています？」

「桔梗路は残したほうがいいだろう。」

リュウオウの言葉に、カラカルは意外そうな顔をした。

「吊ったところで、明日戻されるだけだ。」

「私のシロクロを確かめるため、霊媒師の秘薬を配合しようという話になるが、竜殿とライリュウは裏切る。困った生存者は私を呼び戻してお前たち2人を抑止しようとする。」

「そうなるだろうな。」

「だったら自重しろよ、あんた……。」

「首尾よく霊媒師の秘薬を配合できても、使用者が本当のことを言うとは限らない。そこでまた一波乱あるだろう。」

「それに、会長さんがクロって言える根拠もあんまりないよね。」

「同意する。さっきの赤村の話にもあったとおり、桔梗路が狼陣営なら、裏切りを確実なものとするために、もっと匂わせただろう。そして魔女の秘薬も自分たちで使おうとしたはず。クロと判断するには根拠が弱い。」

むしろ、とリュウオウはウサギとムササビに目をやる。

「そっちの2人のほうが狼臭くはある。聞かれるまで判断を黙っていたからな。」

「判断の理由はカイコちゃんが全部言ってます。」

「言えばもめると思った。」

「もっともだが、2人とも説明責任を放棄するタイプには見えない。ゲーム中はいち参加者なのだから、桔梗路の顔を立てる義理もないだろう。」

「……オウさんを吊るのも手ではありますね。」

突然の言葉に、何人かが驚いた。

「そうだな。それもアリだ。」

リュウオウのその反応に、さらに何人かが驚きを重ねる。

「俺はシロクロが不明だ。霊媒師の秘薬が使われていないからな。」

この状況で、と言いながらリュウオウが姿勢を整える。

「もし俺がクロだった場合、状況は昨日までよりさらに悪化したということになる。明日の秘薬の配合が今日よりさらに複雑で、危険になるかもしれない。俺を吊れば、ひとまずその事態は回避可能だ。」

「そう、かもしれませんけど。」

「正気ですか。1度のゲームで2度吊られるなんて。」

「言っただろう。俺の使いどころを間違えるなと。桔梗路の専横は妨害できたし、黒宮と檸檬里の意図も引き出すことができた。明日同じ状況になったとしても、今なら赤村、苺屋、淡雪、紫電院も臆せず論陣を張ることができるはずだ。ある意味、呼び戻された役割は果たしたと言える。」

「自分は反対。さっき使った秘薬がムダになる。」

「マイマイさんも。……リュウオウさん、それって柔軟じゃなくて、卑屈な考え方だと思うなー。」

予想外の反応だったのか、リュウオウは返す言葉に困っていた。

「ライリュウとハヤト以外のだれかだ。明日こそ霊媒師での確認が必須だろう。」

「だったらジギタリスじゃなくてローズマリー入れろって指示すればよかったんじゃや……。」

『投票時間をお知らせします。』

ヴィヴァルディの『冬』が流れはじめた。

参加者は貸与タブレットに目を落とし、指を動かす。

人数の多さと緊張感の薄さでわかりづらいけど、これは伯爵参加型のゲームだ。ライリュウが言ったように、投票で村人を吊る事態は避けなければならない。

５秒ほどの沈黙ののち、ジャッジが宣言する。

『投票結果をお知らせします。』

針の落ちる音すら聞こえるような静寂。

『黒宮ウサギ様、２票。檸檬里ムササビ様、３票。苺屋カラカル様、１票。桔梗路カイコ様、１票。氷霜院リュウオウ様、１票。……最多得票者は檸檬里ムササビ様です。』

（割れた……。）

「ムササビ。言い残すことは？」

ムササビの目は、ひとつの椅子に向いた。

そこには干からびたマンドラゴラが１つ、眠るように置かれている。

「バランスだけ気をつけてほしい。どっちに傾いても、きっと村人は負ける。」

目を閉じたムササビの手足が縮んでいく。

髪だけ残して皮膚が枯れ、胴が縮み、大ぶりなマンドラゴラと化して、檸檬里ムササビは幼なじみと同じ場所へ行ってしまう。

『投票時間を終了します。』

アナウンスと同時に立ち上がった参加者は1階へ降りた。

おれは残ろうとしたけど、ぼんやりと立つカラカルの視線がそれを妨げた。

「降りましょ、ハヤトくん。」

「……ああ。わかってる。」

カラカルの視線が、遠慮がちにおれの身体をなでる。

「……バッグ、ここにはないんですね。」

「下だよ。」

おれたちは無言で1階に降り、それぞれのロッジに戻った。

その夜、襲撃による退場者は出なかった。

「わざとらしいな。」

2階に全員が揃うや、カイコが切り出した。

「ハヤト。守護した相手は？」

「ライリュウです。」

無難な選択ではあった。願いの件があるから、気持ちよく選べたわけじゃない。でも、下手に裏をかいてライリュウが退場してしまうと村人陣営は不利だ。

「で、狼がライリュウかハヤトを狙ったわけか。」

「もう情報を出したくないんだろう。あるいは……、」

「失敗、かも。」

「ハヤトさんが裏をかいて他のだれかを護る、って思ってライリュウさんを狙ったけど、ハヤトさんはそのさらに裏をかいてた、のかもね。」

「どうでしょうね。会長の言うとおり、わざとはずした可能性もあるでしょ。襲撃で退場するってシロって意味ですからね。クロを絞りこませないために数減らさなかった、ってありえますよね。」

「しかし……7人で3日目か。」

「普通の人狼なら3日目って勝敗が決するぐらいのタイミングだけど……。」

「今回に限ってはそうじゃない。魔女の秘薬で復活できる。」

「逆に、魔女の秘薬とか猛毒薬で、数を減らされることもある……。」

そこで妙な沈黙が淀んだ。

だれも何も言わないけど、交わされる視線と肌に浮く汗、そしてさまざまな物音が雄弁に語っている。

――このゲームはじきに終わる。

『これより遊戯時間、ワルプルギスの夜を開始します。』

参加者が鞄を手にとり、持ち上げ、膝やテーブルに置く。

金具で留められた錠が開かれ、対面する参加者の視線を遮るように蓋が開く。

「霊媒師、魔女、占い師。」

頬杖をついてつぶやいたカイコに、リュウオウが続く。

「霊媒師、魔女、占い師。」

あとは、呪文のように続いた。

「霊媒師、魔女、魔女。」

「占い師、占い師、占い師。」

「魔女、魔女、魔女。」

「占い師、聖騎士、義賊。」

「占い師、義賊、魔女。」

話し合いは最小限だった。

この場の7人のうち、おれとライリュウはシロで確定。退場者2人のうち、襲撃を受けたウマノスケもシロで確定している。

仮に狼が2人生きているとして、候補はウサギ、マイマイ、カラカル、カイコ、リュウオウまで絞られている。伯爵に限って言えば、一度退場しているリュウオウはありえない。

ここからさらにじわじわと伯爵を追い詰め、吊る。

もしくは、味方を増やす。もしくは、ムササビのシロクロを確認する。

もしくは、竜陣の2人を消す。もしくは、カイコを消す。

互いの意図を探り合うような話し合いの末に、おれたちは役割分担を半ば諦めた。

ジャッジが薬草の投入をせかしはじめたことも理由の一つだけど、どう転んでもだれかが裏切る未来しか見えなかったからだ。

それに、今の状況なら、どの秘薬ができたとしても村人陣営を不利にすることはない。気をつけなければならないのは猛毒薬の配合だけで、それも村人陣営が自分の望む秘薬の材料になる薬草じゃなく、あえてマンドラゴラを入れるはずがない、という理屈で流された。

麻袋が次々に投じられ、大釜の液体が色を変える。

『秘薬が配合されました。使用者を決定してください。』

手を挙げたのは——

「……おかしいな。なぜだれも手を挙げない？」

そう。だれも手を挙げていない。

「怯えすぎだろう。それとも、手持ちの薬草を開示したくないのか？」

リュウオウは下唇を指でなぞり、一瞬目を伏せ、再び上げる。

「なら、俺が行く。」

リュウオウが開いた鞄からは、ローズマリーが消えていた。

『使用者は氷霜院リュウオウ様です。』

2回目も結果は同じだった。

だれも手を挙げない。

(これは……。)

「……では、ボクがいただきますが。」

ライリュウの顔には緊張が浮かんでいる。

その鞄から消えているのは、ローズマリーとヘビイチゴだ。

「何か、異様だな。」

ぽつりとつぶやいたのはリュウオウだ。

「ええ。不吉です。皆さん、何か隠していませんか。」

「手持ちの薬草を隠すのは当然だろう。」

「それだけか？」

リュウオウはかみつくように言った。

「それだけの理由で、お前たちは使用権を放棄するのか？　俺と紫電院が伯爵を討たないようにと、投票で命を奪った桔梗路、お前までもが。」

「……お前たちが使うと決まったわけでは、」

「会長さん？」

マイマイが割りこんだ。

人が話している途中で割りこむような子じゃないからか、カイコが眉を上げる。

「何だ、マイマイ。」

マイマイは眠たげないつもの顔で、静かに続けた。

「本当はどうして、時間を止めたの？」

リュウオウとライリュウが疑問の表情を浮かべ、互いの顔を見る。

「『ワイルドハント』のとき、本当はどうして時間を止めたの？」

カイコの顔から、初めて微笑が消える。

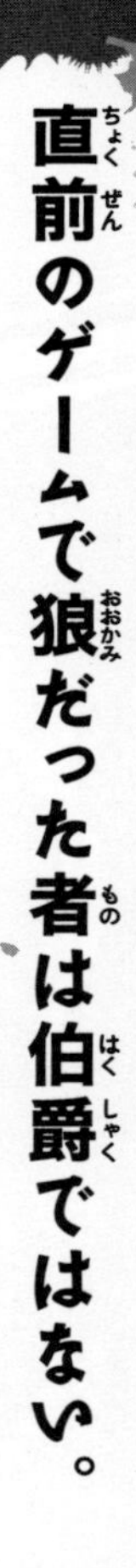

8　直前のゲームで狼だった者は伯爵ではない。

「ワイルドハントだと……？　それはもう終わったゲームだぞ、淡雪。」

「そうだねー。ゲームは終わったよね。」

マイマイはマシュマロを口に含み、片方の頬を膨らませた。

「この『2回戦』が始まる前に、みんな個人ロッジで見たよね？　ワイルドハントで何が起きて、どんなふうにウサギさんが勝ったのか。」

「見ましたね。それに、聞きもしました。」

最後に残ったのはウサギ、マイマイ、カイコ。

マイマイとカイコのどちらかが狼という局面で、おれの幼なじみは『どちらかがすでに棺桶売りのマントを使っている』と考え、狼を探り当てようとした。

マイマイは初日に、カイコは2日目にマントを使っているので、マントを偽装する機会はどちらにもあった。

最終的にウサギは、ルーンの使用残数を根拠に、マイマイが狼だと推理した。『ワイルドハント』に対するマイマイとカイコのスタンスが真逆だったことから、ウサギは正答にたどり着くことができた。

「うん。それでね？　マイマイさん、時計見てたから気づいたんだけど、ワイルドハント……というか、昼間のゲームの議論時間とか着衣時間に、時間が何度か止まってるんだよね。」

「それは君が、」

リュウオウはなぜか一度、言葉を切った。

「君が……マントを偽装したからだろう？」

「ううん。それは議論時間のことだよね。そうじゃなくて、ウサギさんとマイマイさんとカラカルさんが、２階で待ってた『着用時間』にも、時間は確かに止まったの。……そうだよね、ウサギさん？」

「うん……それは、覚えてる。」

「じゃあ、なんで時間止まったのかなって。」

マイマイの視線はカイコに注がれている。

「止めたのはだれなのかな、って。」

しばらく視線を受けていたカイコは、諦めたようにため息をついた。

「……わかった。白状しよう。着用時間にルーンを使ったのは私だ。」

静かな波紋がその場に広がる。

「『ワイルドハント』で獲得したマントは他の参加者に受け渡しできないが、翌日の自分が使う分には問題ない。私は2日目の着用時間に1階で秘密のルーンを使い、時間を止めた。」

「止めてどうするんですか？　時間を止めても、1メートル以上動いたら効果は切れるっていうルールだったはずです。できることなんて……。」

「重ね着だ。マイマイと同じことを考えて、更衣室の近くに薄手の上着を隠していた。だが、私が選んだのは霊媒師のマントだ。持ち越す意味がないから、結局何もしなかった。ルーンを使う意味もなかったが、多少は狼を混乱させることができれば、と思って実行しただけだ。」

しかし、とカイコは意地悪く笑う。

「1つ前のゲームの、ごく些細な種明かしを今さらやるとは、意外と神経質だな、マイマイ。」

「些細じゃないよね？」

マイマイは眠たげな表情のまま、うっすら笑う。

「その『上着』、今も使ってるんだから。」

「……？」

「膝かけなんて持ってきてなかったよねー？」

（膝かけ……？）

おれは少し前のことを思い出した。

確かに、カイコの椅子にはショールみたいなものが置かれていた。

「ゲーム時間が昼から夜に変わったんだから、持ち物が多少変わっても不思議じゃないと思いますけどね。」

「だったらもう少し厚手の服を持ってくると思うな。それに会長さんなら、膝かけで温度調節するんじゃなくて、ジャッジに室温を上げてってリクエストするんじゃないかなー？」

「それはそうですね。ならなんで会長は……。」

カラカルが言葉を切った瞬間、おれも気づいた。

（まさか……。）

「隠し事はお互い様だろう。マイマイ。それに……。」

カイコの視線がぬるりと動いた。

——おれに。

「ハヤト。カラカル。」

「っ。」

「何の話だ、桔梗路。」

「前回のゲームでのこの3人……つまり、狼陣営の動きだ。」

カイコの顔には、また笑みが戻ってきている。

「初日の『ワイルドハント』でハヤトとカラカルが運悪く出くわし、お互いへの信頼をだれにも気づかせないよう戦った。にもかかわらず、ウマノスケが初手からハヤトを退場させ、翌日には竜殿が占いでカラカルの素性を言い当て、最終的にマイマイが『棺桶売りのマント』のトリックで村人陣営を出し抜こうとした。これが大筋だが、どう思う？」

「無計画……でしょうか、オウさん。」

「いや……そもそも計画の体をなしていない。」

リュウオウが目を細め、釜を見つめた。

「赤村の脱落が早すぎる。投票どころか、議論が始まった途端の退場など、だれも予想だにしなかったはずだ。」

（…………）

「赤村が退場した時点で、狼陣営は予定していた作戦のうち、99・9％を放棄せざるをえなかった。淡雪の策は急ごしらえの次善策だ。」

裏を返せば、とリュウオウがおれを見た。

「橙が過激な行動をとらなかった場合にとるはずだった、『本来のプラン』が存在する、ということだな。赤村と苺屋の遭遇は仕方なかったとしても、だ。」

「その『本来のプラン』とは何だと思う？　竜殿。」

「わからない。だが、赤村を含めた狼陣営3名の生存が前提に、」

「これだよ。」

リュウオウの言葉を遮り、カイコが指先でテーブルをたたいた。

「マントの持ち越しだ。」

カイコは視線を滑らせ、おれ、カラカル、マイマイを順に見た。

「もちろん、マントの持ち越しがただちに狼陣営を有利にするわけではない。このゲームは進めば進むほど即効性が求められるからな。おそらくは『持ち越した先』に、何かプランがあったんだろう。それが何かは聞かないが。」

そう。単にマントを『持ち越す』だけじゃ意味がない。

持ち越したマントを着て『ワイルドハント』に臨むとか、実際には幻なのにそう思わせるよう、あえて持ち越しの事実を知らせるとか、別の参加者が持ち越したように見せかけるとか、いくつかのプランはあった。

いずれにせよ、おれたちはゲーム2日目が本番だと考え、セントラルロッジや9つのエリアに、いくつかの仕込みをしていた。

その努力の99・９％は、おれが退場した時点で水の泡になった。

99・９％。

——ゼロじゃない。

「言っていることはわかるが、そのジェスチャーは何だ？　淡雪と同じようにマントの上からアウターを着て、ということなら、テーブルは関係ないだろう。」

「ここは室内だぞ。マイマイだけでなく、ハヤトやカラカルまで厚着をしていたら不自然だろう。そこの２人は別の方法でマントを持ち越すつもりだった。」

「それは？」

「見ればわかる。」

リュウオウは少したためらい、カイコと同じように指先でテーブルをたたいた。

「淑女の諸君。失礼するぞ。」

「デリカシーのあることだな。足は閉じているよ。」

テーブルの下をのぞきこんだリュウオウが、低い声でうなった。

ルールを見たおれたちは、ルーンを駆使することでマントの持ち越しが可能だということに気づいた。

厚着のマイマイは重ね着で持ち越せばよかったけど、おれとカラカルは別の手段を探らないといけなかった。

ハンガーは引っかける場所がないし、そもそも持ちこむだけで目立ってしまう。床に置いたり尻に敷いて隠すことはできないし、その方法だと『後の策』につながらない。

だから、ありあわせのものを使うことにした。

「手甲鉤……！」

そう。カラカルが使っていた手甲鉤。あれを分解して、テーブルの裏に貼りつけた。

カラカルが『ワイルドハント』で使ったこの武器は、すべての個人ロッジに用意され、このセントラルロッジ1階の壁面に飾られている。

ウマノスケが竹光を分解できたように、ちょっとした道具があれば竹製の武器は簡単に分解できてしまう。あとはそれを適当なテープで貼るだけだ。

フックのように使ってもずり落ちてしまうので、おれたちは手甲鉤の刃をまばらに配置して、たたんだマントを載せるように使うつもりだった。

不発に終わったその仕掛けは、人知れず片づけられるはずだった。

――でも、そうはならなかった。

カイコが「今、ここで」始めろと宣言した第2ゲームを、伯爵は額面どおりに受けとっていた。

個人ロッジの武器は使われたままで、浴室は濡れたまま。減った食べ物も、周辺に残る足跡もそのまま。

そして――

「セントラルロッジの仕掛けもすべてそのままで始まっていたのか、この第2ゲームは。」

そう。カイコの隠した上着も、おれたちが用意した仕掛けも、すべて手つかずで『ワルプルギスの夜』は始まった。

「つまり、こういうことですか。」

リュウオウと同じくテーブル裏をのぞきこんでいたライリュウが、険しい表情で元の姿勢に戻った。

「あなたたちはこの場所に、『マントを持ち越せる仕掛け』があることを知っていて、『ワルプルギスの夜』に臨んだ。」

「そうだ。……。」

カイコに視線を向けられたウサギは、短い言葉で応じた。

「私はそれで苦しんだ当事者なので。」

ウサギはマイマイの持ち越しを見破っている。マイマイ以外の狼も当然同じことを考えたはずで、厚着していなかったおれとカラカルにできる方法は何か、というところまで考えが及んでいたら、きっとテーブルの裏をチェックしている。

チェックしたのなら、自分も似た方法を試しているはず。

「話を戻すが、だから、今、我々は秘薬の使用者として名乗り出ないんだよ。」

カイコが眼鏡のブリッジに指を置いた。

角度を変えたレンズが鏡面じみて光を返し、目を隠す。

「我々は薬草を持ち越している。」

それは『ワルプルギスの夜』で、致命的な事態を意味している。

「未使用のマンドラゴラが、今、大釜に入っている可能性がある。」

（………）

この『ワルプルギスの夜』にも大きな抜け穴がある。

大釜に投じる薬草はきっちり3種類、3本だけど、残った薬草を鞄の外に出すなというルールは存在しない。

麻袋に入れてさえおけば、薬草を鞄の外に出してもいいし、次のゲームで使っても構わない。

持ち越しの仕掛けを知っている参加者は、間違いなく余った薬草を麻袋に入れ、どこかに隠し持っている。

テーブルの裏や、膝かけの中といった隠し場所に。

事前に調べたり、糾弾することはできた。でも、そんなことをする意味はない。

仮に見つけたところで、薬草を破壊することはできないからだ。それに、薬草は奪うこともできないから、没収したり、場所を移すことすら禁止事項違反になってしまう。

仕掛けの露見が早まるだけで、おれにとっても、だれにとっても、何のメリットもない。

「……隠すのは卑怯だと思いませんか、赤村君。」

「卑怯じゃない。だって……。」

おれはじろりと他の参加者を見た。

「狼は知ってるからな、この細工。さっきまでおれたちに憑依してたんだから。」

「！」

「当然、伯爵も知っている。さっきまでGMだったからな。」

「……悩んだんだ。明かすべきか、明かすべきじゃないか。でも、おれ視点だとライリュウだって共犯者かもしれないんだ。下手に教えて、村人陣営を不利にしたくない。」

マイマイとカラカルの陣営が不明だったのも理由の一つだ。

この2人が村人陣営なら、狼陣営の同じ細工に対するカウンターが期待できる。その状況でおれがうっかり種明かしをしてしまったら、村人陣営と狼陣営の手札の差が縮み、相対的に村人陣営が不利になる。

「つまり、こういうことか。」

しばらく黙っていたリュウオウは左右の人差し指を立て、指揮者みたいに動かしながら、一言一言を区切って話しはじめる。

「お前たちは初日と2日目に使わなかった薬草をストックしていて、3日目の今日、自由に使うことができる、と……！」

「そう。だから使いたくないんだ、それを。」

カイコはあごでリュウオウの手元を示した。

「何が入っているか、わかったものじゃないからな。」

「そんな……。」

リュウオウは眉間に指を当て、もむようなしぐさをした。

気遣うような、憐れむような視線の中、薄笑みを浮かべたカイコが口を開こうとする。

「そんなことか。驚かせるな。」

眉間から指を離したリュウオウは少し身をかがめ、小さな麻袋をとり出した。

「竜殿。それは？」

「俺が持ち越した薬草だ。」

ああ、とついでのようにつけ足す。

「椅子の脚に鉤縄を張って、その上に載せておいた。」

「……いつの話だ？」

「昼間のゲームの2日目だ。『ワイルドハント』が終わって、着用時間に入る前だな。時間を止めて、椅子の脚に交差するように巻いた。」

ふうん、とリュウオウは思案げな顔をする。

「マントは窓の遮光カーテンに偽装して持ち越すことも考えていたんだが、試さずじまいだった。テーブルの裏はさすがにバレると思ったから避けたんだが……バレても構わないというのが伯爵のゲームの心構えだったんだな。」

ふっとリュウオウは邪気のない笑みを浮かべる。

「いろいろなアプローチがあるな。学びになる。」

「そうですね。」

ライリュウも微笑を浮かべて、小さな麻袋を手にしていた。

ライリュウの服は、裁判官が着る法服に似ている。そもそも大きなマントみたいなものだから、物を隠すにはうってつけだ。

おれは驚かなかった。

おれ程度が考えることは、他の参加者も考えている。

それも伯爵のゲームの鉄則だからだ。

思い返せば、おれたちが『ワルプルギスの夜』が終わった後、薬草を持ち越すために鞄の中身に触れているとき、リュウオウとライリュウも似た動きをしていた。

「それで……あー……『何が入っているかわからないから、秘薬を使いたくない』という諸君。」

リュウオウの目元に、挑むような色が浮かんだ。

「そんな志で伯爵に勝てるのか？」

『皆様。』

ジャッジの落ち着いた声が場を静めた。

『お時間です。３回目の秘薬の使用者をお決めください。』

「おれが使う。」

「俺だ。」

「ボクです。」

案の定、リュウオウとライリュウも手を挙げていた。

こいつらは『持ち越し』の仕掛けに気づかなかったから秘薬の使用者に名乗り出たわけじゃない。気づいていたのに、あえて使用者に名乗り出た。

「命知らずかよ、あんたら……！」

「命がけのゲームだからな。」

「ええ。人と同じことをやっていては、人と同じ人生しか送れません。」

「みんな、おれを選んでくれ。」

使用者は無事、おれに決まった。

鞄からはローズマリーとジギタリス、ヘビイチゴが消えている。それをしっかりと他の参加者に見せつける。

「もう1つ、みんなに知ってほしいことがある。」

「聞こう。」

「伯爵はこういう手を使わない。」

「……！　本当か。」

「たぶんだけど。何でもありならあいつが有利になるから。あいつはたぶん、おれたち全員がこのイカサマをやってる前提で、持ち越した分を含めたすべての薬草からどれが使われるか、予想して見破ることを楽しんでるんだと思う。」

気のせいかもしれない。

どこかで、伯爵が微笑んだ気がした。

「不可能です。ブラックジャックには、場に出た札を暗記して、残り札を推理、確率計算するカウンティングというテクニックがありますが、イカサマとみなされているそれよりも難度が高いでしょう。」

「だからおもしろいんだよ。そうだろ、伯爵。」

返事はない。でも、わかる。

伯爵はこの状況を楽しんでいる。おれが気づいたことすら、スリルの味わいを変えるスパイス程度だと思っている。

「ジャッジ。議論時間を始めよう……！」

もう隠す必要もなくなったおれは、残りの薬草を麻袋に入れ、足元に置いた。

他の参加者も同じことをしたり、飲み物を口にしている。

『議論時間を始めます。』

最後に置かれた鞄の音を合図に、ジャッジが宣言する。

『氷霜院リュウオウ様、紫電院ライリュウ様、赤村ハヤト様の順に、秘薬をご自身で使うか、他者に使用を強制するかご選択ください。』

（1回目……！）

リュウオウは動かない。

「計算はやめておけ、竜殿。」

カイコは憐れむような目をリュウオウに向けた。

「我々全員が使った薬草を記憶している者はいない。どの薬草を、だれが、いくつ、どのタイミングから残したのかも記憶していなければ、計算は無意味だ。」

「……違う。計算は必要ない。」

リュウオウはうわごとのようにつぶやいた。

「俺が読むのは意図だ。人間の行動には必ず意図がある。」

リュウオウはどこか遠くを見るように虚ろな目をした。

「このタイミングでの細工の露見、伯爵は予測していたに違いない。そして村人陣営もそれを当然予測している。……。」

回避しなければならないのはマンドラゴラの過剰投入による猛毒薬。

それがどのタイミングで来るかだ。

今日の3回のどこかにあるかもしれないし、ないかもしれない。

あるとすれば1回目かもしれないし、3回目かもしれない。

「ジャッジ！　使うのは俺だ！」

『承知いたしました、氷霜院リュウオウ様。配合されたのは――。』

蓋がとられた。唾をのむ音。

『「霊媒師の秘薬」です。』

「！」

『氷霜院リュウオウ様のタブレットに、前回投票退場した檸檬里ムササビ様の陣営をお知らせします。』

「シロだ！　檸檬里はシロ！」

信用はできない。

一度退場しているリュウオウは、少なくとも伯爵じゃない。投票退場しているムササビも当然、伯爵じゃない。でもまだ、リュウオウが狼でムササビが共犯者、またはムササビが狼で、共犯者がリュウオウというパターンがありえる。

『紫電院ライリュウ様の手番です。』

ライリュウは無言で小瓶を見下ろした。

その目に本当に映っているものが何なのか、おれには計り知れない。

「……桔梗路君。」

「何だ？」

「君は正義を信じますか。」

「そんなものはない。」

「では、悪は。」

「それもない。」

カイコはいつものように笑った。

「この世にあるのは『違法』と『合法』だけだ。その隙間を道徳が埋める。」

だが、とつぶやいたカイコは少し考え、笑みに嘲りをにじませる。

「だから、お前のやろうとしていることは……『合法』をすべての人類に強いることは、きっと『正しい』行いだ。誇るといい。」

「そうですか。」

ライリュウは小瓶をカイコの席へ滑らせた。

「おごりです。」

「いただこう。」

『紫電院ライリュウ様の秘薬は桔梗路カイコ様が強制使用します。使用された秘薬は——。』

カイコが蓋をはずす。

『「猛毒薬」です。』

こふっ、と。

カイコが空気の塊をこぼした。

小瓶の蓋がテーブルを転がって、かりんと床をたたく。

『桔梗路カイコ様にはご退場いただきます。』

「……っ。そうか。」

「か、会長！」

「言い残すことはありますか。」

ライリュウの声は信じられないほど冷え切っていた。

「地獄で懺悔をしても遅いですよ。神様に伝えたければ、今、ここが最後です。」

カイコは何も言わず、口元をゆがませた笑みのまま、干からび、縮んで、この世からいなくなった。

椅子に残された残骸を、ライリュウはいらだった表情で見つめている。

「願いを叶えるアナウンスがない……。」

「桔梗路は伯爵ではない、か。」

『赤村ハヤト様の手番です。秘薬を使用するか、他者に使用させるか、お選びください。』

「………」

昨日までならありえない。でも、今ならありえる。

マンドラゴラの過剰投入による、猛毒薬の連続配合。

タイミングも悪くない。ここでもう1人消せば、狼陣営の勝利が近づく。

でも――

(違う……気がする。)

1歩勝利に近づくだけで、決定づけられるわけじゃない。

そもそも、カイコみたいに猛毒薬の使用を強制されるリスクも、このタイミングなら十分ありえる。ライリュウが自身で猛毒薬を使った場合、3番手のおれが同じ事態を嫌がって他人に使用させる可能性は低くない。

でもそれすらも、伯爵は読んでいる可能性がある。

「……自分で使う。」

根拠があったわけじゃない。ただ、連続でマンドラゴラを最多にできるほど、狼陣営に余裕はないと思ったからだ。

『赤村ハヤト様ご自身の使用ですね。参加者を1名お選びください。』

タブレットに指を近づけた瞬間、時間が止まるような感覚があった。

はずせば、カイコの二の舞。

当たれば――

『使用されたのは、聖騎士の秘薬でした。』

(!!　聖騎士……!)

そのまま議論が始まる。

議論はもつれたけど、選択肢はあまり多くない。

投票で吊られたのは、苺屋カラカル。

ゲームは終わらず、夜はさらに更けた。

そして、氷霜院リュウオウが襲撃でこの世から消えた。

9 苦難の最中にある者は伯爵ではない。

2階のテーブルについたのは、おれ、ウサギ、マイマイ、ライリュウの4人。

4人でゲームが続行しているのなら、狼はあと1人。

ここまでにアナウンスがない以上、それは伯爵だ。

「ライリュウは違う。」

「赤村君も違います。」

ウサギとマイマイの二択。

初手でプランを提示し、そのままの流れで生き延びたウサギか。

3日目に『ワイルドハント』へ言及し、小細工が暴露されるきっかけを作ったマイマイか。

どちらにせよ、もう終わる。

この息苦しい緊張も、真冬の深夜にかく汗も。

『遊戯時間です。ワルプルギスの夜を開始します。』

鞄をとり出し、膝に置く。

薬草を確かめる。鞄の中も、鞄の外の麻袋も。

持ち越した薬草と麻袋がだれかに奪われている心配はない。だれかのものとすり替えられている心配もない。

前者は禁止事項違反だ。後者は禁止事項違反の企図となり、やはり禁止事項違反だ。

そもそも、伯爵はそういう手段をとらない。

横目でライリュウを見る。

こいつに先を越されたら、世界の秩序が塗りつぶされる。

罪を犯した人間は、弁明も裁判も省略して、ただちにこの世から消される世界。

そんなことは絶対に——

「赤村君。」

ライリュウの言葉がおれの決意に滑りこんだ。

「ボクの願いは間違っていると思いますか。」

「…………」

「恐喝。窃盗。傷害。暴行。放火。詐欺。強盗。……そして、殺人。これらは偶然起こりえますか。」

「……起こるかもしれない。」

「では、政治家なら、大企業の役員なら、タレントなら、こうした罪に対する罰を、腕のいい弁護士によって減免できることを正しいと思いますか。」

「それは正しくない、と思う。事実なら、だけど。」

「法廷での争いになった場合、資金や時間に余裕のない人間は不利をこうむります。そうでない人間は有利です。これは正しいですか。」

「……不公平、なのかもしれない。」

「『すべての犯罪者を等しく裁き、やさしい人間や善良な人間が幸せに暮らせる世界を作る』。」

ライリュウは自分の願いをそんな言葉にした。

「ボクの願いは正しいと思いますか。」

「……1人の人間のわがままで世界を変えちゃいけない。」

「それは橙君の言葉です。君の言葉じゃない。」

一言で切り捨てたライリュウは、じっとおれを見つめる。

「教えてくれませんか。君の意見を。」

おれは伯爵のことも、この状況も、一度忘れることにした。

その空っぽの頭で、少しだけ考える。

「……正しい、のかもしれない。お前の願い。」

「それは、」

「でも。」

おれの一言で、ライリュウは口をつぐんだ。

おれの脳裏に、ショートベールをつけた珊瑚色の背中が浮かぶ。

「どんなに正しくても、叶えられちゃいけない願いだってある、と思う。それに、反論できないから正しいとも限らない。」

「……そうですか。」

「ごめん。」

「いえ、謝ることじゃないです。ボクは……ボクもまだ、考え続けなければならないことなので。」

ウサギとマイマイに向き直る。

ライリュウがこの2人に聞かないのは、もう時間がないからだ。あったところで、どちらが伯爵かわからない現状、その回答はライリュウの判断を鈍らせるものの可能性が高い。

2人も何も言わない。

何を言っても疑いのもとになるし、うかつな発言は足をすくわれるからだ。

『1回目です。薬草を投入してください。』

警戒しなければいけないのは猛毒薬と魔女の秘薬。

前者は最小でマンドラゴラ2本、別々の薬草1本ずつで成立する。もしくはマンドラゴラが3本でも成立する。

おそれなければならないのは後者だ。こっちはジギタリス3本で成立して、ライリュウに渡っても、伯爵に渡っても、きっと最悪の結末が待っている。

ただ、うまくおれが手にすることができれば。

この2種類の秘薬をおそれているのは、きっとライリュウや伯爵も同じだ。

逃げ場になるのは占い師、霊媒師、聖騎士あたりだ。

占い師が来れば伯爵の特定は容易だけど、運次第でライリュウが願いを叶えてしまう。

霊媒師は無害だし、聖騎士も万が一の保険にはなるけど、そういう戦い方を選んだ時点で負けたも同然だ。

(やるしかない……!)

絶対に使わせたくない2種の秘薬を、絶対に自分で使う。

それぐらいの意志を持たないと、このゲームは伯爵の勝ちで終わる。

「ボクは占い師にします。」

(………)

「賛同する人はヘビイチゴを入れてください。」

ウサギは何か言いたそうにしている。マイマイは何も言うつもりがなさそうだ。

（どっちだ……？）

おれは2人の顔を見くらべながら薬草を選ぶ。

ライリュウのヘビイチゴ宣言も信じていいか怪しい。こいつはおれの敵じゃないけど、味方でもない。おれの出す薬草を読み、残る1人の村人と、伯爵の出す薬草を読んだうえで薬草を選んでいるはず。

（いや……狙いは魔女か猛毒薬だ……。）

占いで伯爵を特定して、それからゆっくり攻撃に移るとは思えない。それは普通の道だからだ。

ミスしてもとり返せる以上、ライリュウなら最速最短の道を選ぶはず。

大釜が薬草をのみこんだ。

『使用者を決定してください。』

おれは手を挙げた。ライリュウも手を挙げた。

（…………）

この2人で競うのなら、おれが負けることはないはず。伯爵プラス村人1人の投票なら、少なくとも村人はおれに有利に――

「……！」

ウサギが手を挙げている。

手を挙げていないのはマイマイだ。

（どっちだ……⁉）

手を挙げたほうが伯爵なのか。手を挙げないほうが伯爵なのか。

どちらもありえる。

村人のウサギがそういう選択を伯爵に突きつけている可能性もあるし、村人のマイマイがライリュウに秘薬を使わせないために挙手を拒んでいる可能性もある。

『希望者は薬草を開示してください。』

おれは鞄を開き、テーブル中央に向ける。

おれの鞄から消えたのはジギタリスだ。

ウサギの鞄からはヘビイチゴが、ライリュウの鞄からはマンドラゴラが消えている。

「‼」

『希望者が複数名存在します。淡雪マイマイ様は投票で使用者を決定してください。』

「んー……。」

マイマイは少し悩み、1人を選んだ。そいつは――

『赤村ハヤト様が使用者となります。』

「………」

マイマイが何を入れたのかが問題だ。村人ならおれの勝利に寄与する薬草のはずだし、伯爵ならおれを窮地に陥れる薬草のはず。

前者ならたぶん、ジギタリス。後者ならたぶん、マンドラゴラ。

判断材料はない。マイマイが残していた薬草も、持ち越した薬草も、普通の人間には推理できないから。

でも、こうして読みに徹することすら伯爵は読んでいる。

暗い気持ちに陥りかけたそのとき、耳の奥に声が響いた。

――俺が読むのは意図だ。人間の行動には必ず意図がある。

リュウオウの言葉。

そうだ。おれが向き合うべきなのは伯爵だ。トスされたコインの表裏を当てるような気持ちで、裏をかくとか、出し抜くとか、そういうことを考えてはいけない。

伯爵は運否天賦で突き進むギャンブラーじゃなく、試行錯誤の過程を楽しむゲームプレイヤーだ。行動には必ず意図がある。

『2回目です。薬草を投入してください。』

「ボクはマンドラゴラを入れます。」

「……！」

マンドラゴラ。2本入れば猛毒薬になりかねない薬草。

でも、さっきライリュウは嘘をついた。次も嘘の可能性が高い。そもそも、ライリュウがマンドラゴラを持ち越しているという保証がない。これもブラフで、まったく違う薬草が入る可能性が高い。

「赤村君はどうしますか。」

「……ぎりぎりまで考える。反応を見られたくない。」

「そうですか。」

麻袋が鍋へ。

『秘薬が配合されました。使用者を決定してください。』

今度はおれとライリュウ、マイマイが手を挙げた。

（さっきと逆……！　ウサギが選ぶ側……!?）

『希望者は薬草を開示してください。』

おれたちは鞄を開き、中を見せる。

ライリュウの鞄からはジギタリスが消えている。おれの鞄からはマンドラゴラ。

マイマイの鞄からは、ジギタリスとマンドラゴラが消えている。

（……！）

ウサギにせよマイマイにせよ、村人のほうはもう片方が伯爵だと知っている。投票になった時点で、どの秘薬ができるのか察しているはず。

そしてウサギ視点だとおれもライリュウもシロだ。ウサギが村人なら、願いの差でおれが有利のはず。

『紫電院ライリュウ様が使用者に決まりました。』

「……!?」

なぜここでライリュウなんだ。

選ぶならおれのはず。そこまで考えて、気づく。

(ウサギもマンドラゴラを入れてる……?)

それなら納得できる。ライリュウのを足せば2本になり、おれとマイマイの薬草が違えば猛毒薬が配合され、使ったライリュウは退場する。

(持ち越した薬草で……?　ありえるのか……?　数は……。)

考えようとして、やめる。

数の計算は無意味だ。

『3回目です。薬草を入れてください。』

「ハヤトさん？　ライリュウさん？」

それまで黙っていたマイマイが声を上げる。

「今度はマイマイさんかウサギさんが秘薬を使いたいんだけど、どうかな？」

「…………」

それはいい。でも、おれとライリュウが託す相手、託す秘薬を間違えたら負ける。

「人狼です、赤村君。」

ライリュウは静かにそう言った。

「最後は信じるか、信じないかだけです。」

ウサギの鞄からは、ヘビイチゴ、ニガヨモギ、イラクサが消えている。

マイマイの鞄からは、ジギタリス、マンドラゴラ、イラクサが消えている。

おれとライリュウは貸与タブレットで使用者を決める。

ジャッジがワルプルギスの夜の終了を宣言した。

その日のゲームで最初に、そして最後に使われた秘薬の持ち主は、おれだった。

『使用されたのは――「魔女の秘薬」でした。』

おれはそいつを見据えたまま、アナウンスを聞いていた。

『——様にはご退場いただきます。』

「……今の状況、伯爵は1対3だ。」

おれの言葉に、全員が顔を向ける。

「薬草の入れ方を見れば、共犯者はいないってわかる。共犯者がいるなら、もっとわかりやすく猛毒薬が作られるはずだから。」

ウサギは何も言わない。

「伯爵。おれとライリュウのどちらかが自滅でもしない限り、お前は投票時間になったら自動的に負ける。だってもう片方の村人はお前の正体を知ってるし、占い師の秘薬が一度でも配合されたら、お前は確実に正体を見破られるんだから。」

マイマイは何も言わない。

「おれとライリュウのどっちかを意図的に退場させるのも無理だ。おれたちはどっちもシロだし、その相手に魔女の秘薬を使うのは不自然すぎる。猛毒薬を託すのはいいけど、それが猛毒薬だって確証はお前にもないはずだ。もう仲間はいないし、他の参加者が持ち越しの薬草を使ってるかもしれないんだから。」

ライリュウは何も言わない。

「だからお前は全力で勝ちに来る。この3人のうち2人を確実に消す、そういう薬草の入れ方をするんだ。だって。」

乾いた唾をのんで、続ける。

「だって、お前は勝ちを諦めたりしないんだから。」

冬の夜に、夏の記憶がよみがえる。

「諦めることは、負けることよりかっこ悪いから。」

あの日の伯爵の声に、おれの声が重なった。

「投票に持ちこんで2分の1の確率で勝てばいい、なんてことは考えない。最後まで、全力で戦う姿勢を見せてるほうが伯爵だ。」

どっちがそうなのかは、薬草の入れ方でわかる。

この状況で伯爵は、ニガヨモギなんて入れたりしない。

空間に亀裂が走り、淡雪マイマイの姿がシールみたいにはがれた。

そこに座っているのは1人の男。

「……なるほど。」

肩まで届くチョコレート色の髪。

年は30歳ほどで、ひげは生えていない。目の片方だけ丸眼鏡をかけている。

表情はやわらかく、目は子どものようにキラキラしていた。

「お見事。」

短い言葉とともに、伯爵が軽く拍手をした。

「しかし……1つ聞いてもいいかな、赤村ハヤトくん。」

返事はしない。けど、伯爵はいつものように勝手に続ける。

「なぜ君は、黒宮ウサギくんに秘薬の使用権を渡したのだろう。」

そう。おれが持っているのは魔女の秘薬で、それはウサギに強制使用してもらった。

薬草の内訳を見た時点でウサギがシロだと確信したから、おれはそうした。

「勝ったのはおれじゃないからだ。」

ウサギが守備的な——『勝負を諦めるような』薬草の使い方をしたから、マイマイが伯爵だとわかった。

それに、おれは1人で戦ってきたわけじゃない。

連絡先も知らない人がほとんどだし、仲間でも友達でもない寄せ集めなのかもしれないけど、おれは確かに、ここにいない人たちの力を借りている。

だから、勝ったときにこう言うためだ。

「『おれたち』の勝ちだ、伯爵。」

伯爵は納得したように息を吐いた。

「……ぜんぜん悔しそうじゃないんだね、伯爵。」

ウサギの声は冷ややかだった。

「楽しいゲームだったからね。」

「それに、『次』があるからでしょ。」

今ここで『人狼サバイバル』の終わりを願うことはできない。

ゆがめられた現実をスライドパズルみたいにひとつずつ元に戻して、最後におれたちが願うのが『ゲームの終わり』だ。

伯爵は一度や二度負けても、ぜんぜん平気だ。今浮かべている笑みは、その余裕から生まれているものなのかもしれない。

「いや、『次』があるとは限らない。」

伯爵は穏やかな声でそう返した。

「今ここで私を排除すれば、君たちは永遠の青春を手に入れる。それもひとつの結末だよ。」

少しだけ驚いた。

年をとらない身体。永遠に進まない社会。大人がどんどん消えていく世界。

おれにとっては地獄でしかないそんな世の中も、だれかにとっては、もしかすると魅力的に映るのかもしれない。

「命を賭けるスリル、楽しませてもらったよ。これで終わりにしてもいい。何かを元に戻してもいい。すべては君たち次第だ。」

もちろん、おれたちの願いは決まっている。

――だから、だまされたりしない。

「伯爵。」

おれが呼びかけて、ウサギが続く。

「引っかかると思った？」

伯爵の顔に、いたずらっ子みたいな、おもしろがるような笑みが浮かんだ。

その身体が、マンドラゴラみたいに縮みはじめる。

『伯爵が退場しました。退場させた黒宮ウサギ様は願いを1つ、宣言してください。』

ウサギはおれを見た。

おれはうなずいた。

そして、願いを告げる。

《伯爵は「人狼サバイバル」の参加者が望まない限り、世界に対していかなる干渉も行ってはならない。》

10 以上の説に根拠はない。

《役職一覧》
・赤村ハヤト　：村人
・黒宮ウサギ　：村人
・橙ウマノスケ　：村人
・檸檬里ムササビ　：共犯者
・淡雪マイマイ　：狼　および　伯爵
・苺屋カラカル　：村人
・桔梗路カイコ　：狼
・紫電院ライリュウ　：村人
・氷霜院リュウオウ　：村人

「おつかれさまでーす。」

セントラルロッジの1階に、マイマイがひょっこりと姿を見せたのは、退場していた参加者全員が復活してすぐのことだった。

「みんな伯爵に勝ったんだね。すごいねー。」

あまりにも緊張感のない言葉に、おれたちは談話室や食堂のあちこちで、糸が切れるように座りこんだり、ソファにへたりこむ。

「何かを元に戻すのではなく、これ以上の干渉を防いだわけか。」

伯爵に叶えられた願いを聞いて、カイコは満足そうにうなずく。

「賢明だ。」

「だねー。」

「ええ。確かに今のままでは、伯爵をいくら追い詰めても、そのたびに現実をねじ曲げられてしまいます。叶う端から、叶えなければならない願いが増える。」

「でも、これで逃げ道はつぶした。後はあいつをつぶすだけ。」

「3回……いや、4回ぐらいですね。」

ぱしぱしとカラカルが手のひらにこぶしをぶつける。

「力不足を痛感したな。」

両膝を押すようにして、リュウオウがソファから立ち上がる。

「もっとやれると思ったんだが、いろいろと後れをとってしまった。ワイルドハントでも、ワルプルギスの夜でも。」

（いや……。）

それは状況が悪かったせいだ、とおれは心の中でつぶやいた。

おれとウサギは陽光館の全員と面識があるし、どちらかというと仲もいい。

逆にリュウオウとライリュウはウマノスケたちと共闘した回数が少ないうえに、願いの件で一気に印象を悪くしてしまっている。カイコとも良い関係ではなさそうだった。

数がものをいう人狼で、陽光館の５人が集合している状況だ。リュウオウとライリュウはそもそも勝ち目が薄かったようにも感じる。

「運が悪かっただけ。」

もなかを口に運ぶムササビもおれと同じ考えに至ったらしい。

「もし参加者の属性とか来歴がもっとバラバラだったら、勝ってたのは氷か電かもしれない。」

「汐浜とか月影館が交じってたら、もっとぐちゃぐちゃだったでしょうからね。」

「状況の有利不利なんて、あって当たり前だろう。テニスと同じだ。完璧な条件でプレイできる機会など、一生のうちに何度もない。」

リュウオウはロングコートを着直し、更衣室の外にある姿見をのぞきこんだ。

「状況に応じた動きのできなかった俺が悪い。それだけだ。」

（…………）

殊勝な言葉を、おれはうのみにしなかった。

自分の敗北すら戦略に組みこむことのできるリュウオウが、本当に「後れをとった」とか「状況に応じた動きができなかった」とは思えない。

じつはおれたち全員に対して、後のゲームで有利になる布石を打っているんじゃないだろうか。こうやって反省している風を装うことすら計算ずくで、おれたちの意識を誘導して、目に見えないわなを張りめぐらせているんじゃないだろうか。

鏡越しに目が合う。

「……これか？　服装の乱れは心の乱れだ。」

おれの視線から何を読みとったのかそう答え、リュウオウは上機嫌で服装を整えている。

（何なんだ……こいつ……。）

明朗快活を絵に描いたようなヤツなのに、接すれば接するほど、おれは氷霜院リュウオウという人間のことがわからなくなっていた。

「……願い、黙ってりゃよかったのに。」

「それは卑劣だろう。味方のフリをして、伯爵を討ったときに本当の願いを言うなんてな。」

鏡に背を向け、リュウオウは不敵に笑った。

「他人に隠さなければならない願いなんて、叶えられてはいけないだろう。」

リュウオウはさっそうと歩き出した。

向かう先はセントラルロッジの出口だ。個人ロッジに戻った参加者から順に、「ゲーム終了」だと伯爵がアナウンスしている。

「ではな、諸君。風邪を引くなよ。」

「竜殿。茶ぐらい飲んでいかないか？」

「いただこう！」

ファッションショーのモデルみたいにくるりとターンしたリュウオウが、椅子に深く腰かけた。

「お前と茶を飲む機会なんて、そうそう来ないだろうからな、桔梗路。」

「冗談だったんだが、まあいいか。」

「……ずっとけんかしてたのに、お茶？」

「けんか？　……俺と桔梗路のことか？　それは違うぞ、檸檬里。」

「立場と考え方が違うだけだ。」

カイコは食堂に目をやり、茶葉の缶を眺めている。

「そんな理由でだれかを傷つけたり、貶めたりはしない。私も、こいつもな。」

「……ボクは失礼します。」

「ライリュウさん！」

振り向いたライリュウの顔には穏やかな笑みが浮かんでいる。

「何ですか？」

「君は間違っています。考え直してください。」

「……あらゆる犯罪者を消し去り、正しく、やさしい人間だけの世界を作る。その願いのどこに間違いがあるんですか。」

「もっともらしいことを言わないでください。」

ウマノスケは一瞬も迷わなかった。

「君はただ、現実の厳しさや理不尽に耐えられないだけでしょう。」

ライリュウの頰に赤みが差した。

「自分ではなく世界のほうを、しかも力ずくで変えようだなんて、破廉恥です。」

ライリュウは1歩、ウマノスケに近づく。

「君が……『現実』の何を知ってるんです。」

「君ほど知ってはいません。」

ウマノスケは一歩も引かない。

「でも、君がやろうとしていることが侮辱だということはわかります。」

「だれへの侮辱です。……憎むべき犯罪者への、ですか。」

「『正義』という答えのないものについて、真剣に問い続けて、挑み続けてきた先人たちへの侮辱です。」

ライリュウの顔に影が差し、唇がきつく結ばれた。

「人間は神様じゃないんだから、人間の作った法律や司法制度が、完璧なわけないじゃないですか。それでも、いろいろな人たちが必死に知恵を絞って、言葉を尽くして、正義を実現しようとしてきた歩みが、法律と司法の歴史でしょう。」

ウマノスケが1歩前に出て、鼻がくっつきそうな距離まで迫った。

「君は法律を神様にしようとしている。そんなの、認められるわけありません。」

「……！」

そこでウマノスケは、わずかにうつむいた。

「ボクもときどき、世の中が嫌になります。」

その場のほとんど全員が、ぎょっとしたように反応する。

ムササビだけが表情を変えず、続きを待っていた。

「でも、少しずつ世の中は良くなっていると信じています。恐怖と残酷さで、人が人を支配していた時代よりは、ずっと。」

ライリュウは大きく息を吸い、ウマノスケに背を向ける。

「うらやましいです。まっすぐで、迷いがなさそうで。」

ウマノスケが1歩踏み出そうとした瞬間、空気が冷えた。

「待ってください！　まだ話は。」

カイコの喉から、暗く低い声が響く。

「ウマノスケ。」

「やめろ。行かせてやれ。」

「ですが……！」

「軽々しく人を変えようとするな。」

ライリュウはカイコに一瞥を投げ、セントラルロッジを出ていった。

「橙。」

「何ですか。」

「紫電院は優しいやつだ。」

「……………」

会長、とカラカルがつぶやく。

「ちょっとトイレ行ってきます。」

「……わかった。……ウマノスケ、ムササビ。竜殿をからかってやれ。」

たっと駆け出したカラカルが、ライリュウを追って外に出た。

おれとウサギは一瞬迷い、後を追う。


黒一色だった世界が、藍色に薄まりつつあった。

セントラルロッジの灯りに照らされた雪の上を、ライリュウが遠ざかっていく。

「安楽死。」

その背中に向けて、カラカルが言葉を放った。

「……に使われるだけだと思いますよ、ライリュウくんの願い……っていうか、ライリュウくんの『ルール』。」

振り向いたライリュウの顔には、わずかな驚きがあった。

「『ちょっとでも悪いことをしたら、即、この世から退場させられる』って、ライリュウくんが思ってるほど怖いことでも嫌なことでもないです、たぶん。」

カラカルはほんの数歩だけ近づいて、足を止める。

おれとウサギはその場から動かない。

「10人中6人ぐらいは歓迎するんじゃないですかね。自分に、『人生終了ボタン』がついちゃうことを。」

「……成人がそういう判断をすることを、止めることはできません。仕事の苦しさ、病気やケガの苦しさ、大人が抱えるそういったものはきっとボクの想像以上に、」

「何言ってるんですか。」

カラカルの顔に、あきれと悲しみに満ちた半笑いが浮かんでいる。

「押すのはきっと、おれたちぐらいの子どもだよ。」

「……！」

「『こんな人生終わっちまえ』とか、『明日なんて来なきゃいいのに』って、考えたことない人、あんまいないでしょ。それにそういうのって、だれかに相談しないし、できないから……だからあんたの願いが叶ったら、そういう気持ちが簡単に実行に移せるようになる。最後の一押しになっちゃうと思うんです。」

カラカルはバンダナをむしるようにはずした。

汗に濡れた髪が、冷たい風に揺れる。

「ワイルドハントのルール、おれたち5人で作ったんですよ。それでも、ワルプルギスの夜より完成度低かったし、抜け穴とかけっこうあったじゃないですか。」

ライリュウの髪も風に揺れていた。

「ルールって、1人で決めるもんじゃないですよ。簡単に悪用されちゃうから。」

「……そうですね。わかってます。」

ライリュウは一度顔を伏せ、さびしそうな微笑とともに顔を上げた。

「わかってるんです。ボクも。」

「……………」

「どんなにルールを整備しても、必ずだれかが悪用してしまうことも。」

わかってるんです、という悲しみを帯びた声がこぼれる。

「犯罪者の命を無理やり奪っていたら、罪を生み出す社会のひずみにだれも気づけず、世の中をより良くしていくことができないことも。厳罰の果てに待っているのが権力の暴走であることも。……どんな罪人にだって、尊厳があることも。」

でも、とライリュウは表情をゆがめた。

「あまりにも不公平じゃないですか。強い権力があって、腕のいい弁護士がつけば、どんな犯罪も大目に見てもらえる人たちがいるなんて。」

ライリュウの目が、濡れたように光る。

「強者が弱者を踏みにじるのは『合法』なのかもしれない。でもそれは、絶対に『正義』なんかじゃない。」

強い風が、ライリュウの法服を揺らした。

「人が人を裁くから、嘘やごまかしがまかり通るんです。なら、法が直接、人を裁くしかない。それがきっと、だれもが信頼できる確かな『正義』なんです。」

「……そのせいで『抜け穴』を突く人たちが大勢出ても、ですか。」

「ボクが望むのは『裁き』です。『救済』じゃない。」

「それは、」

カラカルの言葉の途中で背中を向け、ライリュウは夜の闇に溶けていく。

「……はー……。」

カラカルはその場に、ちょこんとあぐらをかいた。

「人って難しいな……。」

その表情も、おれとウサギからは見えない。

頰に冷たい何かが触れた。

空を見ると、また雪が降りはじめている。

「雪だねー。」

おれたちのすぐそばに、マイマイが立っていた。

「マイマイさんもね？　ニュースを見たり聞いたりして、悲しい気持ちになったり、嫌な気持ちになったりするけど、それで『世界を変えなきゃ』って思うことはあんまりないの。だって、ほとんどの人はいい人で、信じられるから。……それに、マイマイさんの知らないところで、たくさんの人が、世の中を良くするために今もがんばってるはずだから。」

マイマイの眠そうな目が、ライリュウの消えた闇に向けられる。

「リュウオウさんとライリュウさんは、そうじゃないのかもね。」

「……『そうじゃない』？」

「あの２人には、人が狼に見えてるんだよ。」

風に吹かれた雪が、マイマイのまわりを踊る。

「人狼って、確率の話もあるけど、いちばん大事なのは人を信じるか、信じないか、っていうゲームだよね。それと同じ。リュウオウさんとライリュウさんは、人を信じられないんだと思うの。だから、無理やり変えさせようとしたり、ルールで支配しようとしてる。」

そこでマイマイは、横目でおれとウサギを見た。

「照山会のこともそう。あそこにはずる賢い人もいるし、わがままな人もいるけど、大多数の人は真面目で、一生懸命働いてるんだよ？　でも、リュウオウさんには悪いところしか見えてなくて、それがぜんぶだと思いこんでる。」

雪のひとひらがマイマイの目元に落ちた。

「人を信じられないって、さびしいよね。」

「……イヤなものばっかり、いっぱい見てきたんでしょうね。」

あぐらをかいたまま、カラカルが応じた。

「言ったら聞いてくれますかね、あの２人。」

「ううん。だって、あの２人にとっては、みんな狼だから。」

「ですよねー……。」

隣で、ウサギが小さく震えた。

「大丈夫だ、ウサギ。」

そう、大丈夫。

たった1度だけど、おれたちは伯爵に勝つことができた。

もしかするとおれたちだけがイカサマをした、伯爵にとって不公平な勝負だったのかもしれないけれど。

この『人狼サバイバル』を終わらせるという目標に、1歩近づいた。

「うん。そうだよね。」

この寒さも冷たさも、外にいるから感じるだけだ。

セントラルロッジから、リュウオウのほがらかな声が聞こえてきた。

夜はもうすぐ明ける。

でも、冬は始まったばかりだ。


〈了〉

あとがき

はじめまして。（すでに別の巻をお読みの方は）お久しぶりです。

甘雪こおりです。甘雪は「あまゆき」と読みます。

この度は『人狼サバイバル』をお手に取っていただきありがとうございます。

最後までお楽しみいただけたら嬉しいです。

（最後まで読まずにここをご覧でしたらごめんなさい。結末に関わる記述はありませんのでご安心ください。）


このあとがきから読まれる方はあまりいらっしゃらないと思いますが、今巻は上下巻構成の下巻、つまり後半です。

もし上巻をお読みになっていない場合、いったんこの本を閉じ、そちらを先に読むことを強く推奨します。（無理にとは申しませんが、下巻↓上巻の順で読むと、作品の面白さは大きく損なわれると思います。）

今巻では「薬草」が登場します。

登場した薬草の中で最も有名なのは「マンドラゴラ」ではないでしょうか。根茎部分が人間に似ていて、引き抜くときに悲鳴を上げ、聞いた者を失神させる、という伝説で知られています。(実在するマンドラゴラにそういった生態は確認されていません。)

また、ニガヨモギに絡んで言及された「アブサン」のお話のように、ユニークな背景を持つ薬草・毒草は多く存在します。興味のある方はぜひ図書館で植物図鑑などを開いてみてください。


さて、今巻もhimesuz先生が素敵なイラストを添えてくださいました。

いただくイラストを見るたびに、彼は(彼女は)このシーンでこんな表情をしていたのか、こんな佇まいをしていたのか、と驚きを含んだ感銘を受けることばかりです。激動の一冊となりましたが、皆様もぜひ各シーンをご堪能ください。

それでは、また次のお話でお逢い出来たら幸いです。

＊著者紹介

甘雪（あまゆき）こおり

長崎県生まれ。
みずがめ座のO型。趣味は映画鑑賞とウォーキング。
飲み物はルイボスティーが好き。

＊画家紹介

himesuz（ひめすず）

岐阜県出身のイラストレーター。おひつじ座のB型。ライトノベルを中心にイラストを描いている。おもな作品に『航宙軍士官、冒険者になる』『覇剣の皇姫アルティーナ』『ゆとりガジェット』などがある。

この作品は書き下ろしです。

読者のみなさまからのお便りをお待ちしています。
下のあて先まで送ってくださいね。
いただいたお便りは、編集部から著者へおわたしいたします。
〒112-8001 東京都文京区音羽2-12-21 講談社 青い鳥文庫編集部

講談社 青い鳥文庫

人狼(じんろう)サバイバル
意気軒昂(いきけんこう)！ 竹林(ちくりん)の人狼(じんろう)ゲーム（下(げ)）
甘雪(あまゆき)こおり

2024年９月15日 第１刷発行

（定価はカバーに表示してあります。）
発行者 森田浩章
発行所 株式会社講談社
東京都文京区音羽2-12-21 郵便番号112-8001
電話 編集（03）5395-3536
販売（03）5395-3625
業務（03）5395-3615
N.D.C.913 212p 18cm
装 丁 大岡喜直（next door design）
久住和代
印 刷 TOPPANクロレ株式会社
製 本 TOPPANクロレ株式会社
本文データ制作 講談社デジタル製作
KODANSHA

ISBN978-4-06-536398-0

大人気シリーズ!!

『それは正義が許さない！シリーズ』

藤本ひとみ／原作　住滝 良／文
茶乃ひなの／絵

ストーリー

七鬼家の次の当主・忍の警護係に採用された３人の女子中学生。志願した理由は、みんな忍に恋してるから！　さらに３人には秘密が……。次々に起こる謎の事件を解決して、「忍様をお守りします！」

主人公
桃子

『人狼サバイバル シリーズ』

甘雪こおり／作　ｈｉｍｅｓｕｚ／絵

ストーリー

謎の洋館ではじまったのは「リアル人狼ゲーム」。正解するまで脱出は不可能。友を信じるのか、裏切るのか──。究極のゲームの中で、勇気と知性、そして本当の友情がためされる！

主人公
赤村ハヤト

大人気シリーズ!!

『星カフェ シリーズ』

倉橋燿子／作　たま／絵

ストーリー

ココは、明るく運動神経バツグンの双子の姉・ルルとくらべられてばかり。でも、ルルの友だちの男の子との出会いをきっかけに、毎日が少しずつ変わりはじめて。内気なココの、恋と友情を描く！

主人公
水庭湖々

『小説 ゆずのどうぶつカルテ シリーズ』

伊藤みんご／原作・絵　辻みゆき／文
日本コロムビア／原案協力

ストーリー

小学５年生の森野柚は、お母さんが病気で入院したため、獣医をしている秋仁叔父さんと「青空町わんニャンどうぶつ病院」で暮らすことに。 柚の獣医見習いの日々を描く、感動ストーリー！

主人公
森野 柚

『ひなたとひかり シリーズ』

高杉六花／作　万冬しま／絵

ストーリー

平凡女子中学生の日向は、人気アイドルで双子の姉の光莉をピンチから救うため、光莉と入れ替わることに!!　華やかな世界へと飛びこんだ日向は、やさしくほほ笑む王子様と出会った……けど!?

入れ替わる
なんて
どうしよう！

主人公
相沢日向

『黒魔女さんが通る!! & 6年1組 黒魔女さんが通る!! シリーズ』

石崎洋司／作
藤田 香&亜沙美／絵

ストーリー

魔界から来たギュービッドのもとで黒魔女修行中のチョコ。「のんびりまったり」が大好きなのに、家ではギュービッドのしごき、学校では超・個性的なクラスメイトの相手、と苦労が絶えない毎日！

早くふつうの
女の子に
もどりたい。

主人公
黒鳥千代子
（チョコ）

大人気シリーズ!!

『ララの魔法のベーカリー シリーズ』

小林深雪／作　牧村久実／絵

ストーリー

中学生のララは明るく元気な女の子。ララが好きなもの、それはパン。夢は世界一のベーカリー。パンの魅力を語るユーチューブにも挑戦中。イケメン４兄弟に囲まれて、ララの中学生活がスタート！

『若おかみは小学生！ シリーズ』

令丈ヒロ子／作　亜沙美／絵

ストーリー

事故で両親をなくした小６のおっこは、祖母の経営する温泉旅館「春の屋」で暮らすことに。そこに住みつくユーレイ少年・ウリ坊に出会い、ひょんなことから春の屋の「若おかみ」修業を始めます。

『エトワール！ シリーズ』

梅田みか／作　結布／絵

ストーリー

めいはバレエが大好きな女の子。苦手なことにぶつかってもあきらめず、あこがれのバレリーナをめざして発表会やコンクールにチャレンジします。バレエのことがよくわかるコラム付き！

主人公　森原めい

『氷の上のプリンセス シリーズ』

風野 潮／作　Nardack／絵

ストーリー

小5の時、パパを亡くしフィギュアスケートのジャンプが飛べなくなってしまったかすみ。でも、一生けんめい練習にはげみます。「シニア編」も始まり、めざすはオリンピック！ 恋のゆくえにも注目です♡

主人公　春野かすみ

大人気シリーズ!!

『藤白くんのヘビーな恋 シリーズ』

神戸遥真／作　壱 コトコ／絵

ストーリー

不登校だったクラスメイト藤白くんを学校に誘ったクラス委員の琴子。すると、登校してきた藤白くんが、琴子の手にキスを！　藤白くんの恋心は誰にもとめられない!?　甘くて重たい恋がスタート！

『きみと100年分の恋をしよう シリーズ』

折原みと／作　フカヒレ／絵

ストーリー

病気で手術をした天音はあと３年の命!?と聞き、ずっと夢見ていたことを叶えたいと願う。それは、"本気の恋"。好きな人ができたら、世界でいちばんの恋をしたいって。天音の" 運命の恋"が始まる！

ノンフィクション

ほんとうにあった 戦争と平和の話

野上 暁／監修

戦争はどうしていけないの？ 平和ってなに？ 事実だけが持つ感動がいっぱいの14の物語と3つの小さなお話を、写真とイラストたっぷりでお届けします。

命をつなげ！ ドクターヘリ2 前橋赤十字病院より

岩貞るみこ／文

一秒でも早く病気の人や、けがを負った人の治療を始めるために、ドクターヘリは今日も空を飛ぶ。ひとつの命を救うために、戦い続ける人たちの感動のドラマ。

新選組 幕府を守ろうとした男たち

楠木誠一郎／文
山田章博／絵

剣に生き、剣に死す。テロが頻発する幕末の京都で、剣の技だけを頼りに、幕府のために戦い続けた「新選組」。若い命を燃やした男たちのすべてを目撃せよ！

わたし、がんばったよ。 急性骨髄性白血病をのりこえた女の子のお話。

岩貞るみこ／文　松本ぷりっつ／絵

急性骨髄性白血病をのりこえた美咲ちゃんと家族。自分の病気をお友だちにもっと知ってもらいたい、と美咲ちゃんは絵本を書きました。わたし、がんばったよ。

命をつなげ！ ドクターヘリ 日本医科大学千葉北総病院より

岩貞るみこ／作

「ぜったいに、助ける！」救命救急の医師、看護師はもちろん、オペレーター、消防隊、ヘリコプターの機長や整備士も——ひとつの命を救うため、奮闘する！

ナイチンゲール 「看護」はここから始まった

村岡花子／文
丹地陽子／絵

クリミア戦争中、看護師チームを率い、軍の病院で活動。兵士の看護のほか、衛生状況を改善するなど、看護の基本を作ったナイチンゲール。その人生とは……。

伝記と

しっぽをなくしたイルカ 沖縄美ら海水族館フジの物語

岩貞るみこ／作　加藤文雄／写真

イルカのフジは病気で尾びれをなくし、泳がなくなってしまった。泳ぎを取りもどさせたい！　世界初のイルカの人工尾びれをつくるプロジェクトがはじまった。

もしも病院に犬がいたら こども病院ではたらく犬、ベイリー

岩貞るみこ／作

病院にはつらいことがたくさん。だけど、ベイリーがやってきて毎日が楽しくなった！　日本ではじめて、こども病院ではたらく犬、ベイリーのお話です。

ハチ公物語 待ちつづけた犬

岩貞るみこ／作　真斗／絵
田丸瑞穂／写真

雨の日も雪の日も、主人の帰りを駅で待つ……。日本一有名な秋田犬のハチと、やさしい飼い主のあたたかい心の交流を描く。別れのせつなさに胸をうたれます。

タロとジロ 南極で生きぬいた犬

東 多江子／文　佐藤やゑ子／絵
岩合光昭／写真

第一次南極観測越冬隊とともに南極で働き、隊員にとっても大事な仲間だったカラフト犬のタロとジロ。しかし１年後、犬たちに悲しい運命が待っていた——。

犬の車いす物語

沢田俊子／文

飼い犬が車いすで元気になったのをきっかけに、車いすを作る仕事を始めた川西さんご夫妻。車いすを作ってもらった犬たちにはそれぞれのドラマがありました。

盲導犬不合格物語

沢田俊子／文
佐藤やゑ子／絵

不合格になるのは「ダメな犬」だからなのでしょうか？　訓練を受けても、約半数は盲導犬になれません。では"不合格犬"たちは、その後どうなるのでしょう？

「講談社　青い鳥文庫」刊行のことば

太陽と水と土のめぐみをうけて、葉をしげらせ、花をさかせ、実をむすんでいる森。小鳥や、けものや、こん虫たちが、春・夏・秋・冬の生活のリズムに合わせてくらしている森。森には、かぎりない自然の力と、いのちのかがやきがあります。

本の世界も森と同じです。そこには、人間の理想や知恵、夢や楽しさがいっぱいつまっています。

本の森をおとずれると、チルチルとミチルが「青い鳥」を追い求めた旅で、さまざまな体験を得たように、みなさんも思いがけないすばらしい世界にめぐりあえて、心をゆたかにするにちがいありません。

「講談社　青い鳥文庫」は、七十年の歴史を持つ講談社が、一人でも多くの人のために、すぐれた作品をよりすぐり、安い定価でおおくりする本の森です。その一さつ一さつが、みなさんにとって、青い鳥であることをいのって出版していきます。この森が美しいみどりの葉をしげらせ、あざやかな花を開き、明日をになうみなさんの心のふるさととして、大きく育つよう、応援を願っています。

昭和五十五年十一月　　　　講談社